제철 행복

제철 행복

가장 알맞은 시절에 건네는
스물네 번의 다정한 안부

김신지 에세이

ȴNFLUENTIAL
인 플 루 엔 셜

당신만의 연례행사가 생기기를

제철을 챙기는 마음은 언제 싹터서 이만큼 자라났을까.

하루에 버스가 몇 대 다니지 않는 시골 마을에서 자랄 때
에는 그저 더 넓은 곳으로 가는 게 소원이었다. 내가 사는 곳
이 좁다 여겼을 뿐 문밖의 자연이 크고 너른 줄은 몰랐던 시
절. 열아홉에 서울로 올라와 낡고 좁은 방들을 전전하며 20대
를 보낼 적엔 이 도시에서 내 자리 한 칸을 마련하는 일이 무
엇보다 중요했다. 늘 고단했으므로 어디든 무엇이든 '마음 붙
일' 곳이 필요했다. 모든 것이 낯선 도시에서 유일하게 익숙한
건 해마다 돌아오는 계절뿐이었다.

오랜 친구 같은 계절은 늘 나와서 이것 좀 보라고 나를 불러냈다. 벚꽃이 폈어. 요즘 바람이 좋아. 단풍이 물들기 시작했어. 창밖 좀 봐, 눈이 오고 있어, 하고. 지친 일상에 아무렇지 않게 여백을 만들어주었다. 그제야 숨을 돌릴 수 있었다. 눈앞의 계절을 바라보고 있으면 후회하느라 과거에, 걱정하느라 미래에 가 있는 마음을 계속 현재로 데려올 수 있었다. 무언가를 이루기 위해 몸과 맘이 닳을 정도로 애쓰다가도, 한 번씩 계절이 보여주는 풍경 속을 걸을 때면 많은 것을 바라지 않게 됐다. 어쩌면 그것이 곁에 두고도 모른 채 살아온 답이었을까?

행복이 멀리 있는 게 아니라 제철에 있는 거라면, 계절마다 '아는 행복'을 다시 한번 느끼며 살고 싶었다. 그 마음은 자연스레 제철을 챙기는 것으로 이어졌다. 봄에는 봄에 해야 좋은 일을 하고, 여름에는 여름이어서 좋은 곳에 가는 것. 지금껏 쓴 책에서도 '제철'을 몇 번씩 언급했다.

제철 과일이 있고 제철 음식이 있는 것처럼 제철 풍경도 있고 제철에 해야 가장 좋은 일도 있다. [⋯]
사전에서는 제철을 '알맞은 시절'이라 풀어쓴다.

알맞은 시절. 제철, 이라 부를 때보다 어쩐지 더 마음의 정확한 지점에 가 닿는 표현이다.

장마가 지나면 수박은 싱거워진다. 때를 지나 너무 익은 과일은 무르기 시작한다. 지금은 무엇을 하기 알맞은 계절인지, 과일 가게 앞에 서서 골똘히 고민할 때처럼 눈앞의 일상을 바라보고 싶다.

　　　　　　　　　　　　　　　—《평일도 인생이니까》, 163~165쪽

　알맞은 시절을 산다는 건 계절의 변화를 촘촘히 느끼며 때를 놓치지 않고 지금 챙겨야 할 기쁨에 무엇이 있는지 살피는 일. 이 햇빛에 이 바람 아래 무얼 하면 좋을지, 비 오는 날과 눈 내리는 날 어디에 있고 싶은지 생각하며 사는 것. 그러면 해야 하는 일이 아니라 하고 싶은 일이 보였다. 좋아하는 것들 앞에 '제철'을 붙이자 사는 일이 조금 더 즐거워졌다. 제철 산책, 제철 낭만, 제철 여행, 제철 취미, 제철 만남, 제철 선물, 제철 휴식, 제철 풍경……

　계절은 다정하게도 다시 돌아오는 것이어서 자연스레 해마다 반복하는 연례행사가 생겼다. 늦봄에는 북쪽으로 벚꽃 배웅을 다녀오고, 6월에는 여름밤의 낭만을 찾아 무주산골영화제에 가고, 단풍이 물든 가을에는 창덕궁 후원을 찾아가

오래 걷는 일. 우리만의 연례행사가 생긴다는 건 1년이 더 자주 즐거워진다는 걸 뜻했다. 그로 인해 봄을 기대하고 여름을 기대할 수 있었다. 우리만의 작은 의식으로 계절을 기념할 수 있었다.

새해가 되면 1월부터 12월까지 한 해가 한눈에 보이는 연력을 펼쳐두고 제철 행복을 적어두는 루틴이 생겼다. 5월엔 여길 가야지, 7월엔 이걸 해야지 하는 목록들. 그렇게 내 일상에 '기다려지는 일들'을 미리 심어두는 게 좋았다. 자연에 마음을 기울이고 계절에 발맞추는 것만으로 잘 살고 있다는 기분이 드는 것도. 인생의 질문은 결국 '나에게는 무엇이 행복인가'로 돌아오곤 했는데, 나의 행복은 자주 제철과 자연에 머물렀다.

제철 행복에 대한 글을 쓰기로 마음먹고 '제철'의 단위를 사계절로, 한 달로 고민하다가 '절기'를 들여다보게 되었다. 한 달에 두 번씩 달력의 숫자 아래 조그맣게 쓰여 있는 이름들. 절기節氣를 사전에서 찾아보니 '한 해를 스물넷으로 나눈, 계절의 표준이 되는 것'이라는 기본 뜻 아래 또 다른 뜻이 반짝이고 있었다. '한 해 가운데서 어떤 일을 하기에 좋은 시기나 때.' 앞

으로 쓰려는 이야기를 이미 품고 있는 단어라니! 그렇게 들여다
본 24절기 속에는 알게 될수록 좋아서 누군가에게 빨리 전해
주고 싶어지는 이야기들이 가득했다.

절기는 1년 동안 하늘을 지나가는 해의 발걸음을 스물네
걸음으로 나눈 섬세한 계절력. 각 절기에는 우수, 경칩처럼 그
무렵의 날씨나 동식물의 변화 등을 담은 이름을 붙였다. 절기
를 살피면 언제 봄이 오는지, 언제 더위가 한풀 꺾이고 서리가
내릴지를 가늠할 수 있었으므로 옛사람들은 절기에 따라 씨
를 뿌리고 김을 매고 수확을 했다. 제철 음식으로 건강을 챙
기고 집 안팎을 돌보았다. 모든 '때'에 의미가 있다는 걸 이해
하며, 해의 걸음에 발맞춰 살아간 자연스러운 삶.

원고를 쓰는 동안 처음으로 절기에 맞춰 1년을 살아보는
경험을 했다. 절기는 우리 곁에 늘 있었으나 가려진 시간이었
다. 옛사람들이 남겨둔 편지였다. 여태 그 봉투를 열어보지 않
고 살았구나 싶었다. 편지에 적힌 이야기들, 절기별 풍속이나
속담, 시절 음식을 알아가면서 1년이 조금 더 선명해졌다. 절
기에 따라 산다는 건 한 해를 사계절이 아닌 '이십사계절'로
촘촘히 겪는 일. 그건 곧 눈앞의 계절을 놓치지 않는 것만으
로 행복해질 기회가 스물네 번 찾아온다는 약속이기도 하다.

바삐 사느라 무언가를 놓치고 있다는 생각이 드는 사람, 계절을 챙기며 살고 싶은데 무엇부터 해야 할지 몰라 망설이는 사람에게 철마다 편지를 건네는 마음으로 이 책을 썼다. 글의 끝에는 지금 지나는 계절을 구체적으로 누릴 수 있게 도와줄 제철 숙제들을 추신처럼 덧붙였다. 내가 사는 지역의 날씨와 이야기를 담았지만, 지난해 사진첩을 뒤적여보면 '아, 이때 참 좋았지' 하는 순간이 사람마다 다르듯 각자의 제철 행복이 있을 거라 믿는다.

지금 이 계절에 무얼 하고 싶은지, 미루지 말고 챙겨야 할 기쁨엔 어떤 것들이 있는지 늘 살피면서 지낼 수 있기를. 그리하여 해마다 설레며 기다리게 되는 당신만의 연례행사가 생기기를. 그건 따로 애쓰지 않아도 매번 우리에게 그냥 주어지는 이 계절을, 선물처럼 풀어보는 일이기도 할 것이다.

맑고 환한 청명에, 김신지

한눈에 보는 24절기

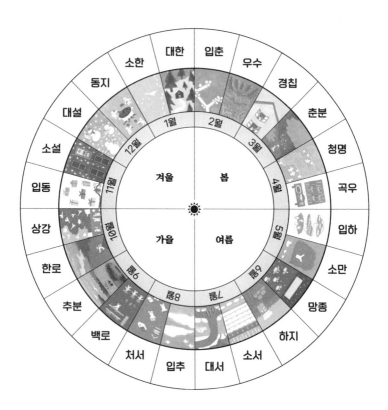

24절기란?

실제로는 지구가 1년 동안 태양 둘레를 공전하지만, 지구의 관측자에게는 상대적으로 태양이 움직이는 것처럼 보인다. '천구상에서 태양이 1년에 걸쳐 이동하는 경로'를 '황도黃道'라 부른다. 황도 한 바퀴인 360도를 15도 간격으로 나누어 계절을 세밀하게 구분한 것이 24절기. 해가 만들어내는 1년간의 계절 변화를 스물네 개의 이름으로 표현한 셈이다. 봄, 여름, 가을, 겨울 각각에 여섯 절기가 속하며, 한 절기의 길이는 약 15일로 한 달에 두 번 들어 있다.

절기 알기

음력이 아니라 양력 절기는 천문현상을 관찰해 계절의 변화를 헤아리려 한 과학적인 역법. 태양의 겉보기운동을 기준으로 만들어졌으며, 종종 음력으로 오해하는 경우가 있지만 양력(태양력)에 따른 것이다.

하루가 아니라 보름 남짓 "오늘은 절기상 입춘입니다" 보통 우리는 절기를 하루인 것처럼 말하지만, 사실 황도상에서 15도 간격으로 나눈 각 지점을 태양의 정중앙이 통과할 때가 24절기가 시작되는 시점이며, 다음 절기까지의 기간을 한 절기로 본다. 달력에 적힌 일자는 입기일入氣日(절기가 시작되는 날)이다.

우리 현실에 맞춘 계절력 기원전 중국에서 만들어져 전해진 24절기를 선조들은 우리 땅의 실정에 맞게 해석해 농사와 생활의 길잡이로 삼아왔다. 세종은 조선시대 천문학을 집대성한 역법서 《칠정산七政算》을 펴내며 24절기를 한양의 위치와 기후에 맞게 수정했다. 현재 우리가 쓰는 절기는 이에 따른 것이다.

차례

2부　　**여름, 햇볕에 자라나는 계절**

3부 가을, 이슬에 여물어가는 계절

1부

봄, 봄비에 깨어나는 계절

* 입춘
* 우수
* 경칩
* 춘분
* 청명
* 곡우

.

입춘

立 春

설 봄
입 춘

2월 4일 무렵

봄이 일어서기 시작하는
한 해의 첫 번째 절기

꼬박꼬박 봄이 오듯이, 희망할 것
입춘엔 깨끗한 희망이 제철

긴 겨울을 지나 봄에 도착했다.

한 해를 지나는 동안 우리는 계절에 들어서는 네 번의 '입절기'를 맞는다. 입춘, 입하, 입추, 입동. 그건 곧 우리가 어떤 계절에든 함께 도착하게 된다는 말. 더 빨리 가거나 뒤처지는 사람 없이, 보이지 않는 계절의 선을 나란히 넘어오며 "오늘이 입춘이래" 하는 말을 나눌 수 있어서 좋다.

어제는 뒷산에 올랐다가 오색딱따구리가 나무 쪼는 소리를 올 들어 처음으로 들었다. 여백 많은 숲에 간헐적으로 울리는 소리가 마치 봄의 문을 노크하는 것 같았다.

이맘때 산책에 나서면 새들의 움직임이 활발해졌다는 걸 소리로 먼저 느낄 수 있다. 개천 옆 비탈에서는 덤불 속을 누비는 붉은머리오목눈이들이 어찌나 수다스러운지 귀가 먹먹할 정도다. 내내 붙어 있었으면서 무슨 얘기를 저토록 나누는 걸까? 동글동글 귀엽게 생긴 그 모습을 훔쳐볼 수 있는 것도 덤불에 새잎이 돋기 전인 지금에나 가능하니 부러 걸음을 늦추며 꽁지를 눈으로 좇기도 한다. 봄바람은 남쪽에서부터 꽃들을 깨우고 있을 것이다. 고향집 마당에는 겨우내 알뿌리에 미리 봄을 준비해두었던 수선화가 가장 먼저 필 준비를 하고 있겠지.

아직은 얼어 있는 땅에서 겨울을 난 냉이를 캐듯 春^{봄 춘} 자를 뜯어본다. 한자의 원형인 갑골문을 살펴보면 艸^{풀 초}와 새싹이 올라오는 모습을 그린 屯^{진 칠 둔}과 日^{해 일}이 합쳐진 글자. 하나의 글자 안에 따스한 봄 햇살을 받고 올라오는 새싹과 초목이 함께 들어 있는 셈이다. 한자 안에 숨겨진 그림을 찾아낼 때면 꼭 옛사람들이 그린 그림에 미농지를 대고 따라 그려보는 기분이 든다.

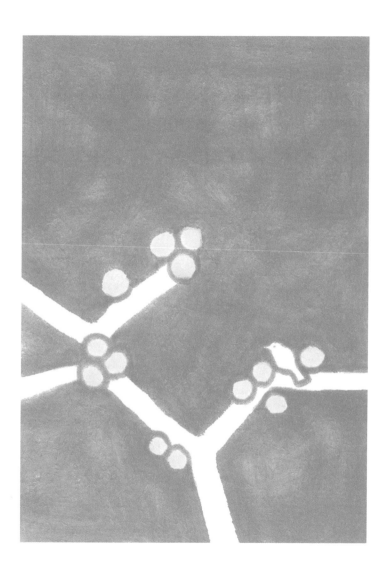

입춘이라 해도 2월은 아직 겨울 추위의 기세가 남아 있을 때라 누군가는 이게 무슨 봄이냐 투덜대고 누군가는 절기를 엉터리라 여기기도 한다. 잘못한 것도 없이 눈총 받아 서러울 입춘을 대신해 말하자면, 이런 차이는 24절기 명칭이 중국 주나라 때 화북 지방, 지금의 황하 유역 기후를 바탕으로 한 것이라 한반도 기후와 다소 다른 데서 발생한다. 하지만 도리어 그 차이에서 빚어지는 의미도 있다.

내게 입절기는 늘 '배웅'과 '마중'의 시간이다. 입춘은 떠나는 겨울을 시간 들여 배웅하고, 다가오는 봄을 마중 나갈 때라고 알려준다. 미루다 놓친 겨울의 즐거움이 있다면 이참에 챙겨두라고 눈을 내려주기도 하고, 이른 꽃 소식을 통해 봄엔 어떤 즐거움들을 통과하고 싶은지 묻기도 하면서.

절기가 해의 스물네 걸음으로 만들어졌다는 사실을 이해한 후로, 나는 절기를 '해의 약속'이라 여기게 되었다. 약속을 어기는 법 없는 해는 꼬박꼬박 예정된 걸음을 걷고, 그 움직임에 따라 계절의 변화가 나타난다. 사계절이라는 너른 보폭을 스물네 계절로 쪼개어둔 것이 절기. 그 사실과 함께 살면, 아무리 추운 입춘에도 해마다 지켜지는 약속을 떠올릴 수 있다.

낮이 길어지고 있어. 곧 봄이 올 거야.

입춘이란 말이 무색하게 폭설이 찾아올 때도 있고 아침 기온이 뚝 떨어질 때도 있지만, 분명한 것은 동지 이후로 조금씩 길어지기 시작한 해가 지구를 천천히 데우고 있다는 사실. 말하자면 지구는 너무 커다란 집이라 데우는 데 시간이 걸릴 뿐, 기다리면 바닥부터 서서히 따뜻해지리란 걸 안다. 동지로부터 한 달 반이 지나 이제 막 땅에 온기가 돌기 시작했다. 옛사람들이 연중 가장 긴 밤을 지나 낮이 다시금 길어지기 시작하는 동지를 '하늘의 봄'이라 부르고, 그 후 햇볕이 땅에 차곡차곡 쌓인 다음 찾아오는 입춘을 '땅의 봄'이라 부른 이유도 여기에 있다. 네 번의 입절기는 이처럼 땅에 번지기 시작한 새로운 계절(節)의 기운(氣)을 가리킨다. 녹지 않은 눈 아래를 살살 헤쳐 보았을 때 빼꼼히 머리 내민 새싹처럼, 눈에 띄지 않을 뿐 봄기운은 이미 곳곳에서 일어서고(立) 있을 것이다.

*

입춘은 24절기 중 한 해를 여는 첫 번째 절기로, 옛사람들은 입춘부터 '진짜 새해'가 시작된다고 보았다. 그래서 입춘에는 혹시 모를 불운은 막고 행운을 불러오고 싶은 마음에서 비롯된 풍속이 많다. '절기력'에서는 새봄의 시작과 새해의 시작이 같은 날이니 평소보다 더 많은 희망이 필요했을지도 모를 일이다.

농사의 기준이 되는 첫 번째 절기인 만큼 농부들은 이날 '보리뿌리점'을 통해 한 해 운을 점쳤다. 입춘이면 지난가을에 심은 보리가 뿌리를 내리는데, 보리 뿌리를 캐봐서 세 가닥이 넘으면 풍년, 두 가닥은 평년, 한 가닥이면 흉년이 든다고 보았다. 단순히 뽑기 운만을 따졌던 건 아니다. 뿌리가 많다는 건 그만큼 혹한을 견뎌낸 보리가 튼튼히 잘 자라고 있다는 뜻일 테니 무탈하게 자라는 모습에서 그해 수확량도 많을 것으로 기대한 것이다.

풍작을 점친 또 다른 방법인 '오곡으로 점치기'는 더 소박하고 귀엽다. 콩, 메밀, 수수, 팥 등 오곡의 씨앗을 낮은 솥에 넣고 볶아서 맨 먼저 솥 밖으로 튀어나오는 곡식이 그해 풍작이 될 거라 믿었다. 볶는 사람도 지켜보는 사람도, 이왕이면 배부르고 값나가는 곡식이 먼저 튀어나오기를 바라며 마음 졸이지 않았을까. 뜨거운 솥단지 안에서 이리 튀고 저리 튀다가 마침내 '슝' 하고 날아올라 솥보다 더 뜨거운 눈빛을 온몸으로 받았을 첫 번째 곡식을 떠올리면, 어쩐지 내 손에 다 땀이 배는 기분이다.

입춘 날 각자 맡은 일을 아홉 번씩 하던 '아홉차리'라는 풍속도 있었다. 그렇게 해야 한 해 동안 복을 받는다고 믿었기에 공부하는 아이들은 천자문을 아홉 번 읽고, 나무꾼은 나무를 아홉 짐 하고, 나물을 캐도 아홉 바구니를 캐고, 새끼를 꼬아도 아홉 번 꼬았다는 얘기. 이날은 매를 맞아도 아홉 번을 맞았다는 대목에 이르러서는 거참 중간이 없네, 싶어 웃음이 났다. 하지만 꼬박꼬박 세어가며 어떤 일을 아홉 번 채웠을 마음에는 역시 희망이 깃들어 있었겠지.

절기 풍속을 깊이 들여다보면 옛사람들이 그렇게 행동한 데는 다 이유가 있다는 걸 알게 된다. 종잇장을 살짝 들춰 가려진 답을 알아낼 때처럼 머릿속에 느낌표가 뜬다. 아홉차리에 숨겨진 의미는 무엇일까? 평소 하던 일을 굳이 아홉 번 해야 했던 이유는? 9라는 숫자를 가장 큰 한 자리 양수陽數로 길하게 여긴 영향(예로부터 동양에서는 홀수를 양수로 밝은 것, 짝수를 음수로 어두운 것이라 여겼다)도 있지만, 무엇보다도 자신이 맡은 일을 요령 부리지 않고 묵묵히 하여 실력을 갈고닦는 일이 결국 그해 좋은 결과를 가져오고 복을 부르는 길이라 여겼을 것이다.

입춘의 풍속 중 가장 널리 알려진 것은 '입춘첩立春帖 쓰기'가 아닐까. 새봄을 맞이해 집집마다 기둥이나 문설주에 붙인 입춘첩은 그 바람 자체가 한 편 한 편의 짧은 시 같다.

立春大吉 建陽多慶 입춘대길 건양다경
봄이 오니 큰 행복이 찾아오고
따스한 기운을 받아 기쁜 일이 많기를

壽如山 富如海 수여산 부여해
산처럼 오래 살고 바다처럼 재물이 넉넉하기를

災從春雪消 福逐夏雲興 재종춘설소 복축하운흥
재앙은 봄눈처럼 사라지고 행복은 여름 구름처럼 일어나기를

자연스레 나만의 입춘첩을 떠올려보게 된다. '봄의 대문'에 새해를 맞이하는 문구를 붙여둔다면 무엇으로 해야 할까?

한자가 어렵게 느껴진다면 우리말로 나만의 입춘첩을 써볼 수도 있겠다. 절기의 풍속은 겉을 따라 할 때가 아니라 그렇게 행한 마음을 헤아릴 때에 의미 있는 법이니까. 옛사람들이 그랬듯 새로운 글귀를 직접 지을 수도, 좋아하는 시구를 빌려올 수도 있겠지. 조선시대 성종은 입춘에 매양 같은 문구를 붙이는 것을 두고 "문은 하나가 아니며 시를 짓는 자도 많으니" 각자 글을 써서 문에 붙이라 명하기도 했다. 아마도 그해 도성의 문과 기둥에는 집집마다 다른 문구가 적힌 종이가 나붙었을 것이다. 궁궐에서도 춘첩자春帖子라 하여 문관들에게 새해 시를 짓게 하고, 그 가운데 선정된 시구를 연잎이나 연꽃무늬가 담긴 종이에 써서 궁궐 안 기둥과 벽에 붙이곤 했다. 입춘첩에는 단순히 좋은 문구가 아니라 한 해를 어떻게 살아보고자 하는지 저마다의 마음가짐을 담아야 한다는 뜻으로 읽힌다. 새해에는 새 마음이 필요한 법. 입춘立春이 들 입入이 아닌 설 입立 자를 쓰는 것도 새봄을, 한 해를 스스로 세워보기 좋은 때라는 의미일 것이다.

이토록 다양한 입춘의 풍속 중 정작 내 마음을 사로잡은 것은 따로 있다. '적선공덕행積善功德行', 입춘 전날 밤에 남몰래

다른 사람을 위해 좋은 일을 하던 풍습을 말한다. 그렇게 하면 한 해 동안 나쁜 일을 면할 수 있다 믿었다고. 방점은 '남몰래'에 찍혀 있었다. 밤을 틈타 사람들이 자주 다니는 냇물에 징검다리를 놓기도 하고, 눈길을 깨끗하게 쓸기도 하고, 아픈 사람 집 앞에 약을 지어다 놓는 등의 일을 했다.

내게는 이 마음이 어떤 풍속보다 따뜻한 입춘첩으로 느껴진다. 좋은 행동을 먼저 하면 좋은 마음을 갖게 된다는 걸, 복이란 가만히 기도하여 받는 게 아니라 스스로 움직여 만들어내는 것임을 일찍이 알았던 이들의 풍속. 풍작을 기대하며 보리 뿌리를 캐보고, 같은 일을 아홉 번 하고, 종이 위에 희망을 적어보는 것도 좋았겠지만. 찬바람이 옷깃을 파고드는 겨울밤, 누군가에게 도움되길 바라며 궂은일을 마다치 않을 때 그건 징검다리 모양을 한, 혹은 구불구불한 산길 모양을 한 입춘첩이 되지 않았을까. 동이 터오기 전에 집으로 돌아가는 걸음을 서둘렀을 그 사람 곁에 이미 '진짜 운'은 함께 걷고 있었을 것이다. 스스로 몸을 움직여 만들어낸 훈기가 그 밤 추위로부터 그를 지켰듯이, 마음에 품은 온기가 사는 내내 그 자신을 지켜줄 테니.

새로운 한 해의 시작을 앞두었던 옛사람들의 마음이 같은 방향을 가리켰다는 사실이 못내 좋다. 요행을 바라기보다 삶에 성의를 다하며 좋은 기분을 챙기고, 겨우내 언 마음을 스스로 녹이려 했던 사람들. 더 좋은 일이 생기기를, 더 나은 사람이 되기를, 기쁜 일이 찾아오기를…… 그 바람을 행동으로 옮기며 오지 않은 시간에 다시 한번 희망을 걸어보는 마음, 우리는 오랜 세월 미신이 아니라 그 마음을 물려받으며 살아가고 있는지도 모른다.

　　그러니 입춘의 숙제는 하나.
　　꼬박꼬박 때를 맞춰 찾아오는 봄처럼,
　　지치지 않는 희망을 새해 숙제로 제출할 것.

　　희망은 어디 숨겨져 있어 찾아내야 하는 것이 아니라, 희망하는 사람의 마음에 새것처럼 생겨나는 법이니까. 새싹을 틔우는 게 초목의 일이라면 희망을 틔우는 건 우리의 일.
　　다시 봄이다.
　　여기서부터 '진짜 시작'이라 힘주어 말해도 좋은.

입춘 무렵의 제철 숙제

☑ 나만의 의미와 운율을 담은 입춘첩 써보기

☑ 절기력으로는 입춘이 새해 첫날, 작심삼일이 된 계획이 있다면 다시 시작하기

☑ 사소하게라도 누군가를 위한 일 남몰래(!) 하기

우수

雨 水
비 물
우 수

2월 19일 무렵

눈이 녹아 비가 되고
얼음이 녹아 물이 되는 때

언제나 봄이었다, 우리가 만난 것은

우수엔 이른 봄나물이 제철

봄이 시작되는 정확한 시간이란 게 있을까? 알래스카에는 있다. 사진작가 호시노 미치오가 쓴 《긴 여행의 도중》에는 매년 봄의 시작 시간을 두고 내기를 하는 알래스카 사람들의 이야기가 나온다. 내기의 내용은 이렇다.

꽁꽁 얼어붙은 강 한가운데 놓인 삼각대에 로프를 묶고, 그 끝을 강가에 있는 시계에 연결한다. 봄기운이 번지면 겨우내 얼어 있던 강이 쩍 하는 소리와 함께 갈라져 다시 흐르기 시작하는데, 바로 그 해빙의 찰나에 로프가 팽팽하게 당겨지며 시계가 멈추는 것이다. 가장 근접하게 시간을 맞춘 사람이 내기에 걸린 금액을 모두 가져간다.

우수가 오면 매년 이 얘기가 떠오른다. "우수 경칩에 대동 강 물이 풀린다"는 속담 때문인지도. 저 먼 북국의 땅에서 봄이 도착하는 순간을 내기까지 하며 기다린 사람들은 찍 하는 해빙의 순간에 환호를 질렀을까, 숨을 죽였을까. 언젠가 우리도 이 땅의 북녘에 있는 강가에 모여 봄의 도착 시간을 두고 내기를 할 수 있으려나. 그러고 보면 '기다린다'는 말이 가장 잘 어울리는 계절은 봄이다. 여름도 가을도 겨울도 기다릴 수 있지만 그 마음은 어쩐지 혼자에 가깝고, 함께 기다리기에 좋은 것은 역시 봄.

입춘 다음에 오는 우수雨水는 이름 그대로 눈이 녹아 비가 되어 내린다는 절기. 봄을 부르는 비가 내리면 농부들은 본격적인 한 해 농사 준비에 들어간다. 예로부터 '봄비는 일비, 여름비는 잠비, 가을비는 떡비, 겨울비는 술비'라고 불렀다. 봄비에는 부지런히 농사일을 해야 하지만 여름에는 비가 오면 일을 쉬면서 낮잠을 자고, 가을에는 비가 내리면 햅쌀로 떡을 해먹고, 겨울에 찬비 내리면 아랫목에 앉아 술 마시며 논다는 의미. 계절마다 비에 따른 제철 숙제가 있었다는 얘기

같아 반가워지는 대목이다.

옛사람들은 하나의 절기를 다시 세 마디(초후, 중후, 말후)로 나누어 섬세하게 계절 변화를 살폈는데 우수의 삼후는 이렇다. 초후엔 수달이 물고기를 잡아 늘어놓고 제사를 지내며, 중후엔 기러기가 북쪽으로 날아가고, 말후엔 초목이 싹튼다. 음, 그렇군……이 아니라, 수달이 제사를 지낸다니?

문학적 표현인가 싶어 찾아보니 수달은 물고기를 잡은 후 물가나 바위에 가지런히 올려놓는 습성이 있는데, 이 모습을 본 옛사람들이 물의 신에게 제사를 지낸다고 믿었다는 것. 하필 수달이 평소에도 두 손을 공손히(?) 모으고 있는 모습을 자주 보여준 탓에 생긴 오해 같기도 하다. 삼후 내용은 계절에 따른 이 무렵의 자연 변화를 담은 짧은 시와 같다. 우수에는 얼음이 녹으니 수달이 물고기 사냥을 시작한 것이고, 봄기운이 번지니 겨울 철새인 기러기가 북쪽 땅으로 돌아간 것이다. 제사라는 표현도 결국 사람의 마음을 투영한 것이리라. 혹독한 겨울이 지나가고 얼음이 녹는 것을 보며 무사히 봄으로 건너온 것을 하늘에 감사하고 싶었을 테니까.

1년을 24절기로 나누어 바라보면 보름마다 한 번씩, 이런 이름을 가진 시기에는 어떤 일이 일어나고 있는지, 계절이 지금 무엇을 바꾸어놓고 있는지 생각할 수 있어 좋다. 우수의 변화가 가장 반가운 것은 땅이다. 기온이 오르면 겨우내 쌓여 있던 눈과 얼음이 녹고, 하늘에서 내리던 눈도 비로 변해 스며든다. 이렇게 스며든 물은 흙 속에 남아 있던 한기를 몰아내며 땅에 온기가 돌도록 한다. 이제부터는 새싹의 차례다. 아래로는 뿌리를 뻗고 위로는 포슬포슬 부드러워진 흙을 밀어내며 기지개 켤 힘을 낸다. 우리가 마침내 흙을 뚫고 올라온 새싹의 정수리를 보게 되기까지, 땅속에선 봄의 일들이 부지런히 일어나고 있는 것이다.

계절의 변화는 이처럼 땅에서 가장 먼저 느낄 수 있는데, 도시에 살면서는 흙을 밟을 일이 좀처럼 없다. 집 앞을 나서서 걷는 길은 죄다 보도블록이고, 개천 산책로 역시 포장되어 있다. 근린공원을 걸을 때도 땅을 밟겠다고 화단을 넘어 들어갈 수는 없는 노릇. 시골에 살던 때와 달리 도시에서 봄이 더디 온다 여기는 것은 그래서인지도 모르겠다.

이럴 때 땅의 봄을 느낄 수 있는 방법이 있다. 이른 봄나물을 찾아 먹는 것이다. 입춘 지나 우수 무렵이면, 몸 어딘가에서 냉이와 쑥의 기억이 '쑥' 올라온다. 시골에서 태어나 열아홉 해를 사는 동안 몸이 절로 기억하게 된 향긋한 봄나물들. 볕이 따뜻해지면 누가 시키지 않아도 소쿠리 하나 들고 나서서 봄나물을 캐는 것이 아홉 살 인생 나의 취미였다. 집 뒤편 낮은 언덕에, 지름길 역할을 대신하던 논두렁에 흩어져 있던 봄. 자연이 내어주는 것들을 마다할 이유가 없었으므로 늘 여기까지만, 여기까지만 더, 하고 욕심을 내며 소쿠리를 채우곤 했다. 먹고 싶은 마음보다 흙 위로 푸릇푸릇 솟아난 것들 중 '먹을 수 있는 봄'을 가려내는 재미에 빠져 있었다. 저물녘 밭일을 마치고 돌아온 할머니의 손끝에서 냉이는 냉이무침이나 된장국이 되고, 여린 쑥은 쑥버무리나 쑥국이 되었다. 도시에서 나고 자라 냉이나 쑥에 대해 별다른 감흥이 없는 남편 강을 보면, 봄나물을 향한 이 같은 반가움도 결국 추억에서 오는 것이구나 싶다.

생각해보면 시골에서 자라는 동안 자연스럽게 알게 된 것들이 있다. 봄이 오면 얼었다 녹은 땅이 폭신해진 걸 발바닥으로 느꼈고, 뻐꾸기 소리가 들려오면 여름이 가까워졌다는 걸 알았다. 할머니는 달무리가 진 밤하늘을 가리키며 내일은 비가 올 수 있다고 일러주었다. 제비가 낮게 날면 소나기가 올지 모르니(비 내리기 전 습도가 높아지면 날개가 무거워진 벌레들이 지면 가까이 내려오므로 제비도 낮게 날면서 먹이 활동을 한다) 빨래를 걷었다. 자연을 보고 듣는 것만으로 알 수 있었던 것들. 그걸 언젠가부터 까맣게 잊고 살면서 날씨와 계절은 슈퍼컴퓨터가 알려주는 '정보'로만 여기게 됐다. 계절을 들여다볼수록 오랫동안 잊고 살던 그 감각을 되찾고 싶어진다. 절기는 공부해서 익히는 게 아니라 느끼는 것, 보고 듣고 냄새 맡고 맛보며 내 곁의 계절을 감각하는 일이다.

　어린 시절처럼 직접 캐지는 못해도 이맘때 마트나 시장에 가면 남쪽의 지명을 이름표처럼 달고 가만히 누워 있는 봄나물을 만날 수 있다. 포항초, 남해초, 섬초……. 꼭 섬에서 부친 봄 편지 같은 이름. 겨울의 언 땅에 바짝 붙어 겨울을 난 봄나물은 이맘때가 제철이다. 당분을 뿌리에 저장해서 혹한을 견뎌내기에 달고 맛나다. 섬초라 불리는 비금도 시금치나 청산도 봄동이 맛이 좋기로 소문난 것도, 무려 바닷바람을 견뎌낸 단맛을 품고 있기 때문. 먹을 것이 궁했던 시절 봄나물을 먹는 것은 겨우내 부족하기 쉬운 영양분을 보충하고 찌뿌듯한 신체를 깨우려 했던 조상들의 지혜이기도 했다.

매년 2월이면 통영으로 도다리쑥국을 먹으러 가던 선배가 떠오른다. 도다리쑥국이라니, 그때만 해도 너무 어른의 음식 같아서 생경하게만 느껴졌던 요리다. 그 길에 따라나선 적은 없지만, 단골집의 도다리쑥국은 바다 건너 섬에서 난 해쑥을 뜯어 만들기에 가장 이르게 봄을 맛볼 수 있는 방법이라 알려주던 목소리는 지금도 기억난다. 아마 선배에게 매년 봄은 도다리쑥국으로 오는 것이었겠지. 그걸 먹기 전까지 봄은 와도 온 것이 아니었을 것이다.

봄이 왔음을 기념하는 나만의 음식이 있다는 건 좋은 일이다. 편지봉투 위 '보내는 이'의 이름을 살피듯 봄나물이 부쳐진 곳의 지명을 들여다보고, 커다란 꽃처럼 잎을 활짝 펼친 봄동을 사다가 겉절이를 하거나 쌉싸래한 달래장을 만들어 밥을 비벼 먹는 일, 이맘때 냉이된장국을 내어놓는 백반집을 알아두고 찾아가는 일. 나에게 봄은 이것으로 온다, 말할 수 있는 봄나물을 하나쯤 품고 사는 건, 새봄을 맞이하는 나만의 작은 의식이 있다는 것. 누가 뭐라 해도 봄은 그날부터 시작되는 것이다.

동시에 봄나물 요리는 계절이 무엇을 어떻게 바꾸어놓는지 관심을 기울이는 일이기도 하다. 우수의 햇빛은 얼음과 눈을 녹이고, 흙을 쟁기질하며, 새싹이 나올 자리를 터준다. 냉이는 눈이 녹아 스며든 물로 마른 목을 축이며 땅속 깊이 뿌리를 더 뻗었을 것이다. 그러므로 봄나물을 먹는다는 건 그런 계절의 흐름을 느끼며 2월의 봄비와 햇볕을 몸에 들이는 일.

창밖으로 아직 겨울 같은 풍경을 내다보며 향긋한 냉이튀김을 해 먹으면, 봄 안에 있으면서 봄을 기다렸다는 걸 그제야 깨닫게 된다. 옛사람들은 봄의 첫 달을 맹춘孟春, 둘째 달을 중춘仲春, 마지막 달을 계춘季春이라 불렀다. 맏이 맹孟은 첫째, 버금 중仲은 둘째, 끝 계季는 막내이니 봄의 세 자매라 해야 할까. 절기로 보면 입춘과 우수는 맹춘, 경칩과 춘분은 중춘, 청명과 곡우는 늦봄 계춘에 해당한다.

봄이 짧다고 말할 때 우리가 생각하는 봄은 산과 들에 꽃이 만발한 청명 무렵의 모습이다. 봄을 그렇게만 알고 그것만을 봄이라 부르니, 이미 봄이 곁에 와 있는데도 봄을 기다린다. 그것은 여전히 겨울을 사는 때늦은 마음이자 어쩌면 봄을 요약해버리는 일인지 모른다. 길게 펼쳐서 바라볼 수 있는 수많은 장면을 접어버린 채로, 하나의 장면만을 봄이라 여기는 게 아닐까.

폭신해진 땅에 언제부터 있었는지 모르게 돋아나 있는 해쑥처럼, 볕이 가장 잘 드는 가지에서부터 꽃망울을 틔우는 매화처럼. 봄은 '아직' 도착하지 않은 게 아니라 늘 '이미' 와 있다. 입춘부터 곡우까지, 모든 모습이 다 봄이다. 그걸 알게 되면 봄이 짧다는 말 대신 눈앞의 봄을 가만히 들여다보게 된다. 길게 펼쳐진 봄의 화폭에서 오늘에 해당하는 그림을.

이른 봄을 이른 봄답게 보내려고, 냉이를 튀긴다. 달궈진 기름에 반죽 입힌 냉이를 넣으면 차르르르, 봄볕에 팝콘처럼 꽃송이 터지는 소리가 난다.

우수 무렵의 계절 숙제

☑ 이른 봄나물을 찾아 먹는 것으로 봄이 온 것을 기념해보기

☑ 올해 계절마다 어떤 제철 음식을 즐기고 싶은지 적어보기

☑ 우수의 동물, 수달이 두 손 모아 기도하는 모습 찾아보기

경칩

驚 蟄

놀랄 겨울잠 잘
경 **칩**

3월 5일 무렵

천둥소리에 놀라
겨울잠 자던 동물들이 깨어나는 봄

일어났어? 자연이 묻는 말에 답할 시간

경칩엔 봄맞이 기지개가 제철

3월이 오면 그리운 얼굴처럼 떠오르는 건, 목련.

"다음 주 주말이면 자목련이 만개할 것 같아요."

봄이면 초대장처럼 날아올 이 소식만을 기다렸다가, 너도 나도 마실 것과 먹을 것을 가지고 모였던 시절이 있다. 창 앞에 커다란 자목련을 두고 살며 우리를 초대해주던 이는 뮤지션 (최)고은 언니. 함께 모인 채팅방에 자목련 개화 소식이 전해지면, 여기저기 흩어져 살던 우리는 가파른 오르막길을 올라 그 집에 가곤 했다. 언덕 위의 오래된 빌라에서는 멀리 인왕산 바위 절벽이 보였고 너른 창 앞으로 올해의 자목련이 마치 봄 손님처럼 찾아와 있었다. 시간차를 두고 도착하더라도 집 안에 들어서면 누구라도 제일 먼저 창으로 다가가 그 모습을 확인했다. 밤이 깊도록 꽃은 피어나고 있어서 간혹 만개한 꽃 몇 송이가 유리창에 뺨을 비비기도 했다. 환한 자목련을 등불처럼 내건 그 집에서 우리는 음식을 만들어 먹고 노래를 듣거나 부르고 술을 마시고 담배를 나눠 피우다가 내년에도 자목련이 피면 다시 만나자는 기약을 하고 헤어지곤 했다.

그 언덕을 내려올 때 봄밤의 취기 속에서 매번 생각했다. 자목련이 피면 모인다니, 내 삶에 이런 연례행사가 있어서 좋다고. 새겨진 채 나오는 달력 속 기념일이 아니라 꽃이 피는 날을 기념일로 챙길 수 있어서 좋았다. 만나지 못하는 사이 서로에게 위로할 일도 축하할 일도 생기지만 결국은 꽃이 피었다는 이유로 만난다는 게, 조금 늦은 위로와 축하를 건넬 때마다 늦더라도 전해지는 마음이 있어 사는 일이 춥지 않다고 생각했던 것도 좋았다. 정해진 날짜라는 게 따로 없어서 꽃이 피는 속도에 따라 매년 모임이 조금씩 당겨지거나 늦춰지는 것까지도.

서로가 바빠지면서 뜸한 모임이 되었지만 괜찮다. 모일 수 있는 몇 해가 있었으니까. 지금도 봄밤을 걷다가 자목련을 보면 어김없이 그 시절이 떠오른다. 3월이 오면 매일 아침 창밖으로 꽃봉오리를 지켜보면서 반가운 소식을 전할 날만을 기다렸을 한 사람과, 마침내 당도한 메시지를 열어보며 각자의 자리에서 저마다 환해졌을 얼굴들도.

시간이 흘러 팟캐스트 〈여자 둘이 토크하고 있습니다〉 '봄 한담' 편을 듣다가 다산 정약용이 만든 문예 모임 '죽란시사'의 규약을 알게 되었을 때, 자목련 모임을 떠올리며 얼마나 반가웠는지.

살구꽃이 처음 피면 한 번 모인다.
복숭아꽃이 처음 피면 한 번 모인다.
한여름에 참외가 익으면 한 번 모인다.
가을이 되면 서쪽 연못에 연꽃을 구경하러 한 번 모인다.
국화꽃이 피면 한 번 모인다.
겨울이 되어 큰 눈이 내리면 한 번 모인다.
세모歲暮에 화분에 심은 매화가 꽃을 피우면 한 번 모인다.

모일 때마다 술과 안주, 붓과 벼루를 준비하여

술 마시며 시 읊는 데에 이바지한다.

—〈죽란시사첩서竹欄詩社帖序〉

시 모임답게 모임의 규약 자체가 이미 한 편의 시다. 모임 날짜를 정하는 데에 이보다 낭만적인 방법이 있을까. 철에 따라 꽃이 피고 과일이 영그는 시간에 맞추어 벗들을 만난다니. 어떤 이야기는 한 번 들은 후로 잊히지 않고 삶에 새겨지는데, 이제 나는 눈앞의 계절을 볼 때 200여 년 전의 다산은 지금쯤 무엇을 기다렸을까 하고 시간을 겹쳐보는 사람이 되었다.

꽃을 남달리 사랑했던 다산은 집 마당에 살구나무, 매화나무, 복숭아나무, 치자나무, 벽오동, 금잔화, 국화 등 온갖 꽃과 나무를 가꾸었는데, 혹시라도 오가는 사람들의 옷자락에 스쳐 꽃이 다칠까 싶어 화단 둘레에 대나무 울타리, 죽란竹欄을 쳐놓았다고 한다. 마음 맞는 벗들과 다산의 집에 자주 모였으므로 모임의 이름은 자연스레 '죽란시사'가 되었다. 풍류를 즐기는 데 누구보다 섬세하고 창의적인 다산이었기에 생각해낼 수 있었던 모임이 아닐까 싶다. 처서 무렵이면 이른 새벽 서쪽 연못에 조각배를 띄우고 '연꽃이 피는 소리'에 귀 기울일 줄 알았던 사람, 친구에게 자고 가라 권한 다음 국화 앞에 촛불을 켜두고서 꽃 그림자가 빈 벽에 너울거리며 만들어내는 수묵화를 보여주었던 사람. 풍류風流란 한자 그대로, 계절에 따라 바뀌는 바람의 흐름을 느낄 줄 아는 것일 텐데 다산과 그의 벗들은 풍류를 구체적인 삶으로 살아낸 사람들이었으리라.

동시에 죽란시사는 우리의 제철 모임이 어떻게 이루어져야 하는지를 알려준다. 봄에는 봄꽃과 함께 봄의 술과 봄의 시를. 가을에는 가을꽃과 함께 가을의 술과 가을의 시를. 아직은 꽃이 피기 전인 이른 봄, 올해는 친구들과 언제 어디에서 만나 한 번뿐인 계절을 즐길지 우리만의 제철 모임 규약을 만들어보고 싶어지는 이야기다.

*

다산은 살구꽃 피기를 기다렸을 테고 내게는 목련을 기다리던 계절로 기억되는 3월 초, 세 번째 절기인 경칩驚蟄이 찾아온다. 놀랄 경驚 자에 겨울잠 자는 벌레를 뜻하는 칩蟄 자로 이루어진 경칩은 24절기 중 가장 생동감 넘치는 이름을 가졌다. 옛사람들은 경칩 무렵 '첫 번째 천둥'이 치고, 겨울잠 자는 동물들이 그 소리를 듣고 놀라 깨어난다고 생각했다. 첫 번째 알람 소리에는 사람도 일어나기 힘든데…… 싶어 괜한 걱정을 하다 보면, 하늘의 요란한 알람에 하품하며 땅속에서 줄줄이 나왔을 개구리와 벌레들이 그려진다. 그래서인지 귀여운 상상력의 결과물로 여기기 쉽지만, 경칩은 자연을 면밀히 관찰해 지은 이름이기도 하다.

이 무렵에는 대륙에서 한랭전선이 남하하며 대기층이 불안정해진 탓에 천둥이 칠 때가 많았다. 또한 우수 이후로 낮에는 녹았다가 밤에는 다시 얼기를 반복하던 땅이 더 이상 '얼지 않는' 것도 경칩 무렵. 땅 아래까지 스민 온기는 그 속에서 겨울잠 자던 동물들을 자연스레 깨웠을 것이다. 이런 관찰이 더해져 천둥소리에 놀라 동물들이 깨어난다는 이름을 짓게 된 게 아닐는지.

절기가 관찰과 기록의 결과물이라는 걸 새삼스레 깨닫는다. 벽에 걸어둘 시계도 달력도 없던 시절, 옛사람들이 눈앞에 보이는 자연의 변화를 관찰함으로써 계절의 흐름을 가늠했다는 게 잊혀가는 아름다운 이야기처럼 느껴지기도 한다. 남쪽으로 떠났던 제비가 돌아온 것을 보고 이 땅에도 제비와 함께 바다를 건넌 봄이 당도한 것이라 여겼다. 농부들은 집 앞에 심어둔 감나무를 달력 삼아서 농사에 활용했다. 빈 나뭇가지에 새순이 돋기 시작하면 3월, 조그만 초롱 등불 같은 꽃이 피면 5월, 감이 먹음직스럽게 익으면 10월…… 그렇게 감나무 달력을 한 장씩 넘기며 밭을 갈고, 파종을 하고, 서리가 내리기 전 수확을 서두르곤 했겠지.

입춘의 보리뿌리점만으로는 부족했는지 경칩에 '개구리 울음점'을 치기도 했다. 개구리 울음소리를 '서서' 들으면 그 해는 일이 많아서 바쁘고, '누워서' 들으면 편안하게 농사를 잘 지을 수 있다고 믿었다는 것. 시골에서 농사짓는 엄마 인숙 씨에게 경칩 날엔 되도록 누워 있으라고 알려야 하나, 싶어지는 얘기다. 또 이날 흙일을 하면 탈이 없다고 여겨 흙벽을 새로 바르거나 무너진 담벼락을 보수하고 새 담을 쌓기도 했단다.

도시에 사는 내가 할 수 있는 흙일이라면 분갈이 정도가 아닐까 싶어, 오늘은 겨우내 마음에 걸렸던 화분들의 분갈이를 해주었다. 물도 듬뿍 주고 마른 잎도 정리하고 거실에 해

드는 각도가 달라진 것을 고려해 화분 위치도 옮겨주고 나니 내친김에 청소까지 하게 됐다. 머리만 감으려다가 결국 샤워까지 하게 되는 형국이다. 하지만 봄맞이 청소에는 다른 계절에는 없는 활기가 있으니까. 큰맘 먹고 환기를 하던 겨울을 지나 이제 작은 맘만 먹어도 창문을 열 수 있는 때가 왔다. 물론 청소엔 여전히 큰맘을 먹어야 하지만, 이상하게도 창문을 열면 반절은 해낸 기분이 든다. 적당히 포근하고 적당히 쌀쌀한 봄바람이 청소 세포를 깨우기라도 하는 걸까. 활짝 열어둔 창으로 새로운 공기가 들어오고 묵은 공기가 빠져나가는 것을 느끼며 분주한 먼지를 일으키고 싶어진다. 겨울잠을 자고 일어난 동물이 개울을 찾듯, 겨우내 웅크리고 있었던 집을 씻겨줄 시간이다.

그렇다면 봄 청소는 집의 기지개라 해야 할까. 경칩은 봄이 왔음을 알고 깨어나 각자의 방식으로 기지개를 켜는 날. 누가 알려주지 않아도 깨어나는 풀과 나무와 개구리처럼, 나의 봄 기지개는 내내 닫아두었던 창문을 활짝 여는 것으로 시작된다. 책상 위에 읽지도 않을 거면서 쌓아둔 책들을 책장으로 옮기고, 이것저것 늘어놓아 너저분해진 거실 곳곳의 물건들을 제자리에 넣는다. 꼼꼼히 청소기를 돌리고, 먼지 청소만 해오던 마룻바닥에 모처럼 물걸레 청소도 한다. 욕실 타일 틈으로 그새 번지기 시작한 물때도 닦아낸다. 오래 방치하면 마음도 물때가 앉은 것처럼 미끈거리는데 이상한 일이지, 바깥의 물때를 뽀득뽀득 닦아내다 보면 손 닿지 않는 마음의 물때도 지워지는 기분이다.

청소는 결국 빈자리를 만드는 일. 매년 이맘때 찾아오는 손님을 위한 자리를 마련하듯 바닥을 쓸고 닦고, 화분을 옮기고, 더 이상 쓰지 않는 물건을 나눈다.

봄에게 앉을 자리를 내어주어야지.

한바탕 난리를 치른 후 깨끗해진 집에 앉아 차 한 잔을 마시다 보면, 그제야 천천히 도착하는 손님. 늦은 오후의 햇빛이 지난해 연력(이걸 왜 3월까지 붙여두고 있었는지)을 떼어낸 빈 벽에 무늬를 그리며 움직인다. 3월이면 이 시간에 여기로 해가 드는구나. 촛불에 비친 국화꽃 그림자를 바라보던 다산의 마음에 아주 조금 가까워진 기분이다.

해가 지기 전에 나가서 말끔해진 거실에 어울리는 설유화 한 단을 사서 돌아와야지. 눈 설雪, 버드나무 유柳, 꽃 화花.

버드나무에 내린 눈 같은 꽃이라 하여 붙여진 이름이다. 겨울의 끝에서 이르게 봄을 알리는, 내게는 봄맞이 청소의 마침표 같은 꽃. 바깥 풍경에 아직 꽃망울만 맺혀 있을 때, 설유화로 집 안에 먼저 봄을 피우는 건 몇 년째 지속해오고 있는 3월의 기쁨 중 하나다. 가지에 소복하게 쌓인 작은 꽃송이들이 한동안 집을 환히 밝혀줄 것이다. 아침에 일어나 거실로 나올 때나 외출 뒤 집으로 돌아올 때마다 번번이 웃게 되겠지. 그러려고 꽃을 산다. 사계절 중 유일하게 '새'를 붙여 부르는 계절, 새봄을 새롭게 살아보려고 청소를 하는 것처럼.

보이진 않아도 창 너머 숲속에서는 겨울잠에서 깨어난 동물들이 활동을 시작했겠지.

여기의 나도 마주 손을 흔든다.

안녕, 이건 나의 기지개야.

☑ 기온이 오른 날을 골라서 창문을 활짝 열고 봄맞이 청소하기

☑ 동네 꽃집에서 봄꽃이나 화분을 사서 집 안에 먼저 봄을 들이기

☑ 마음 맞는 친구들과 우리만의 제철 모임 규약 만들어보기

춘분

春 分

봄 나눌
춘 분

3월 20일 무렵

낮과 밤의 길이가
같아지는 봄날

덤불 속에, 가지 끝에 숨겨둔 봄의 쪽지

춘분엔 '봄을찾기' 산책이 제철

봄 춘春에 나눌 분分, 봄을 나눈다니 무슨 뜻일까? 봄을 둘로 나눈 중심이 되는 날이니 한여름과 한겨울이 있듯이 춘분春分은 '한봄', 봄의 한가운데란 뜻으로도 읽히고, 영상과 영하를 나누어 기온이 더 이상 영하로 내려가지 않는 기준이 되는 날로도 읽힌다. 물론 둘로 나눈(分) 듯 낮과 밤의 길이가 같아지는 날이라는 뜻이 가장 크겠지만. 이제 하지까지 낮이 계속 길어질 테고, 추분이 오기까지는 낮이 밤보다 조금이라도 더 긴 '빛의 계절'을 살게 된다.

춘분과 추분은 1년 중 두 번 낮과 밤의 길이가 같아지는 날이자 '계절의 분기점'이기도 하다. 춘분이 지나면 낮의 길이가 밤을 넘어서며 봄이 깊어가고, 추분이 지나면 밤의 길이가 낮보다 길어지기에 가을이 깊어가는 것. 춘분과 추분에 낮이 가장 긴 하지와 밤이 가장 긴 동지를 더해 계절의 기초가 된다는 뜻의 '기절기基節氣'라 부른다. 말하자면 춘분-하지-추분-동지는 해의 운행에서 전환점이 되는 '해의 사계절'이고, 이로부터 한 달 반 뒤 해의 영향이 땅에 이르러 계절이 시작되는 입춘-입하-입추-입동은 '땅의 사계절'이다. 이름에 춘하추동이 들어가 있어 우리에게 익숙한 절기들이기도 하다. 이 여덟 절기 사이사이에 그 무렵의 기상 현상이나 자연 변화를 담은 이름의 절기가 두 개씩 더 들어가 24절기를 이룬다.

춘분이면 경칩에 깨어나 기지개를 켠 자연의 모든 것들이 본격적으로 활기를 띠기 시작한다. 산책이란 모름지기 목적 없이 슬렁슬렁 거니는 것이라고 여기지만, 이 무렵의 산책만은 다르다. 분명한 목적이 있다. 바로 '봄을찾기'. 잡지를 만들던 시절에 애착을 가지고 준비했던 기획의 이름이기도 하다. 춘분보다 조금 더 이르게, 3월에 들어선 순간부터 숲이나 개천으로 산책을 나서서 꼭꼭 숨겨진 봄의 신호를 찾아내는 일.

어렸을 때 소풍을 가면 선생님들이 미리 바위틈이나 덤불 속에, 소나무 가지 위에 하얀 쪽지를 숨겨두곤 했다. 시작 신호와 함께 보물을 찾아 나설 때, 애타는 마음으로 구석구석을 살피다 마침내 하얀 쪽지를 찾아냈을 때, '뛸 듯이 기쁘다'라는 말이 왜 생겼는지 처음으로 알 것 같았는데. 어른이 된 지금도 그때로 돌아간 마음으로 봄의 풍경 속에 뛰어든다. 보려 하는 사람만이 보게 되는 자그만 봄의 단서들. 겹겹이 오므린 꽃송이나 새싹은 실제로 여러 번 접힌 쪽지를 닮아 있어 더 반갑다.

그렇기에 춘분 무렵은 연중 산책 생활이 가장 바빠지는 시기다. 누군가 "산책 자주 하세요?" 물어온다면 "그렇게 자주는 아니고…… 일주일에 7일 정도?" 답할 수밖에 없는 계절. 나뭇가지도, 덤불도, 땅 위의 새싹도, 꽃망울도 하루 지나면 하루만큼씩 달라져 있어서 도무지 산책을 거를 수 없다. 무언가를 놓치기라도 하는 것처럼. 그건 아마 오늘 치의 봄이겠지.

3월 중순에 접어들면 익숙한 곳을 조금만 벗어나도 지금까지 보이지 않던 것들을 보게 되니, 왔던 만큼 다시 되돌아가야 하는 게 산책이란 걸 알면서도 걸음을 멈출 수가 없다.

이 무렵 집을 나설 때마다 나는 늘 시인의 마음.

> 사랑하는 친구야. 오늘은 가장 편한 신발을 신고 나가자. 발이 아
> 프단 핑계를 대며 돌아오는 사람이 되지는 않게.

—성동혁,《뉘앙스》, 62쪽

하염없이 걷고 싶어서 가장 편한 운동화를 찾아 신고 끈
을 바투 맨다. 열정적으로 나선 것치고는 걸음이 자꾸 느려질
수밖에 없지만. 다섯 걸음에 한 번씩 멈춰 서는 이것을 과연
산책이라 부를 수 있나? 꽃이 피어날 조짐을 향해 까치발을
드느라, 폭신해진 땅 위로 솟아난 새싹을 쪼그려 앉아 보느
라, 윤기를 띠기 시작한 나뭇가지를 들여다보느라 봄의 산책
은 자꾸만 느려진다. 매년 봄이 갑작스럽게 오는 것처럼 느껴
진다면 그건 봄을 지켜보지 않아서일지도. 걷는 사람은 어떤
봄도 갑자기 오지 않는다는 걸 알게 된다.

뒷산에 오르면 아직 채도가 낮은 풍경 위로 진달래와 생
강나무꽃이 분홍색과 노란색 점으로 콕콕 박혀 있다. 연노랑
생강나무꽃은 3월 초순부터 회색 숲에 반짝반짝 전구처럼 켜

지기 시작하는데, 꼭 여름의 어두운 숲에서 반딧불을 마주쳤을 때처럼 반갑다. 산을 내려와 개천으로 들어서면 매화와 산수유나무꽃이 분홍색과 노란색의 바통을 이어받는다. 매화는 짙은 향기로 발길을 붙잡고, 산수유나무꽃은 폭죽이 터지는 순간을 그대로 멈춰놓은 듯한 모양새로 눈길을 붙잡는다. 벤치에 앉아 바라보면 나무가 여는 고요한 불꽃놀이를 지켜보는 기분.

천변 언덕을 지키는 덤불에도 조그만 새순이 돋았다. 입춘에 만난 붉은머리오목눈이들은 오늘도 덤불 속에서 수다스럽게 지저귄다. 그러고 보니 요즘 아침마다 창문을 열면 바깥에서 들려오는 새소리도 다양해졌지. 겨우내 잊고 살다가도 봄이 오면 소리라는 게 이렇게 알록달록할 수도 있구나, 새삼 깨닫는다.

왕벚나무 발치에는 이름을 모르는 새싹들이 우수수 돋아났다. 흙을 밀어 올리는 새싹의 야무진 힘에는 매년 놀란다. 어쩌다 돌멩이를 이고 있는 안쓰러운 새싹들도 있다. "나 가려고 보니 현관이 바위로 막혀 있으면 얼마나 황당하겠어." 강과 그런 얘기를 나누며 내게는 돌멩이고 새싹에게는 바위인 것을 치워준다.

조금씩 부풀어 오르며 통통하게 물기를 머금고 껍질을 열 준비를 하는 겨울눈을 지켜보는 것도 딱 이맘때만 누릴 수 있는 즐거움이다. 보도블록 틈에서 삐죽 고개를 내민 민들레 덕분에, 지난해 바람을 타고 날아간 씨앗들이 어디에서 겨울을 났는지도 알게 된다. 개천의 언덕이나 사람들 발길이 드문 풀밭으로는 쑥과 냉이가 눈에 띄게 자라기 시작했다. 날씨가 조금만 더 풀리면 곳곳에서 나물 캐느라 웅크리고 앉은 동네 어르신들이 나타날 것이다. 벚꽃보다 먼저 꽃망울을 터뜨린 매화나무 아래에 돗자리를 펴고 앉은 사람들도 보인다. 아직은 바람이 찬데 괜찮으려나 걱정되면서도, 성급하게 봄 소풍 나온 그 마음을 알 것 같아 웃기도 한다.

하지만 이 무렵 내가 가장 좋아하는 봄의 쪽지는 버드나무에 걸려 있다. 다른 나무들이 아직 겨울눈 속에 이파리를 조금 더 보관하고 있을 때, 버드나무만이 이르게 새순 같은 연둣빛 꽃을 틔운다. 다들 뭐 해, 봄이라고! 외치듯이. 멀리서 보기엔 아직 스산한 3월의 풍경 속에서 혼자서만 형광을 띠며 도드라져 보이는 나무. 흐린 날에는 흐려서, 맑은 날에는 맑아서 누가 저 나무에만 불을 켜둔 것 같다.

능수버들에 다녀가는 봄은 어쩌면 그리도 환한지. 잘 빗질해서 헝클어지는 법 없는 머리칼 같기도 하고, 시폰 드레스 자락 같기도 한 기다란 줄기도 근사하지만 딱 이맘때 볼 수 있는 연둣빛이 제일 귀하다. 마음을 연해지게 만드는 연둣빛이다. 어떻게 찍어도 사진에는 담기지 않는 색을 아쉬워하며, 눈에 충분히 담아가려고 강둑에 앉아 있을 때가 좋다.

오늘도 N차 봄을찾기를 마치고 돌아오는 길, 매화 향처럼 은은하게 번지는 노을을 바라보며 걷는데 문득 마음속에 이 한마디가 가득 찼다.

'아, 내가 이래서 이 계절 좋아하지.'

한 해를 잘 보낸다는 건, 계절을 더 잘게 나누어둔 절기가 '지금' 보여주는 풍경을 놓치지 않고 산다는 것. 네 번이 아니라 스물네 번 이런 생각을 하며 지내는 일이겠지. 이래서 지금이 좋아, 할 때의 지금이 계속 갱신되는 일. 제철 풍경을 누리기 위해 일부러 시간을 내서 걷고 틈틈이 행복해지는 일. 네 번째 절기 춘분을 지나며 올해 들어 네 번째로 생각했다. 아, 내가 이래서 이 계절 좋아하지. 그렇다면 아직까지는 잘 살고 있는 셈이다.

봄을찾기를 마치고 돌아왔다면, 이제 3월에 피는 꽃들을 구분할 시간. 꽃이 '앞다투어' 핀다고 말하는 이 계절엔 유난히 닮아 있어 이름이 헷갈리는 꽃들이 많다. 분명 차이를 익혀두었는데(심지어 자신만만했는데!), 새봄이 오니 다시 아리송해지길 반복하다가 어느 봄엔 국가 공인 봄꽃 구분가 시험을 준비하는 사람처럼 열의를 가지고 공부했다. 다음 번 봄이 오고, 다다음번 봄이 와도 잊지 않기 위해 차곡차곡 익혀둔 봄꽃 구분법.

매화와 벚꽃

매화는 벚꽃보다 먼저 피는데 자주 벚꽃으로 오해받는다. 꽃자루(꽃을 받치고 있는 작은 가지)로 구분하면 쉽다. 매화는 꽃자루가 짧아 가지에 바짝 붙어 있고, 벚꽃은 초록색 꽃자루가 길다. 매화 꽃잎은 둥근 반면 벚꽃은 꽃잎 가운데 살짝 파인 홈이 있다. 그래서 매화는 꽃잎이 'ㅁ', 벚꽃은 꽃잎이 'ㅂ'이라고 기억하면 좋다. 매화는 가까이 다가서면 짙은 향기가 나지만, 벚꽃은 향기가 거의 느껴지지 않는다.

산수유나무꽃과 생강나무꽃

긴 꽃자루 끝에 '하나씩' 방사형으로 핀 건 산수유나무꽃, 꽃자루 없이 가지에 바짝 붙어 '여러 개' 뭉쳐서 핀 건 생강나무꽃. 산수유나무는 껍질이 거칠거칠 벗겨진 반면 생강나무는 매끈하다. 하지만 그보다 쉬운 구분법은 꽃을 본 곳이 산이라면 생강나무, 동네 어귀나 근린공원 등이면 산수유나무일 확률이 높다는 것. 생강나무는 주로 산에서 자생하지만, 산수유나무는 조경용으로 심은 경우가 많기 때문이다.

영춘화와 개나리

이른 봄, 길을 걷다가 축대 아래로 가지를 길게 늘어뜨린 노란 꽃을 보고 "벌써 개나리가 폈네!" 반가워한 적 있다면 아마 그때 꽃의 속마음은 이랬을 것이다. '아니라고! 아니라고!' 맞이할 영迎, 봄 춘春, 꽃 화花 자를 쓰는 영춘화는 '봄을 맞이하는 꽃'이란 이름답게 개나리보다 먼저 핀다. 줄기로 구분하면 조금 더 쉽다. 영춘화는 줄기가 녹색, 개나리는 회갈색. 영춘화 꽃잎은 5~6개고, 개나리는 꽃잎이 네 갈래로 나눠진 듯하나 아래가 붙어 있는 통꽃이다.

진달래와 철쭉

분홍색 꽃이 활짝 피었는데 잎이 없으면 진달래, 초록 잎이 함께 보이면 철쭉이다. 진달래는 꽃이 진 후에 잎이 나고, 철쭉은 잎이 먼저 난 후 꽃이 피거나 잎과 꽃이 함께 나기 때문. 개화 시기도 다르다. 진달래는 주로 산에서 자생하며 이른 봄인 3월부터 피고, 도심 공원에서 자주 보이는 철쭉은 4월부터 피기 시작해 5~6월에 만개한다. 철쭉은 진달래와 달리 잎이 끈적거리고, 꽃잎에 짙은 색 반점이 있다.

누가 시킨 것도 아닌데 이렇게 열심히 적는 이유는 하나. 어둑했던 일상을 환히 밝혀주는 봄꽃들을 정확히 호명하고 싶으니까. 어떤 영화는 온전히 집중하고 싶어 혼자 보러 가게 되지만, 봄이 상영하는 영화만은 결국 누군가와 함께 보고 싶어진다. 혼자 걸으면 멈추고 싶은 데마다 멈춰 서고, 앉아 있고 싶은 데서 하염없이 앉아 있을 수도 있겠지만 그런 홀가분함보다 큰 건 "이것 좀 봐!" 말하고 싶은 마음. 옆에 선 이의 어깨를 두드리며 그렇게 말하고 싶은 순간이 다섯 걸음에 한 번씩은 나타나는 게 봄의 산책이다.

아직은 꽃과 잎이 무성해지기 전, 느릿느릿 걸으며 눈여겨보아야 하는 이맘때의 산책이 왜 그리 좋은 걸까 생각해보면, 그건 꼭 모르는 이의 블로그 일기를 볼 때와 비슷해서인 것 같다. 누군가가 하루하루를 어떻게 쌓아올리고 있는지, 어떤 고단함에 무릎이 꺾이고 어떤 즐거움에 혼자 웃는지 지켜보는 것만으로 힘을 얻을 때처럼. 자연의 작디작은 것들이 각자 써 내려가는 오늘 치의 일기를 보는 기분이다.

돌멩이를 밀어 올리려 애쓰는 새싹과 찬바람에 파르르 떠는 산수유 노란 꽃, 물가에 시린 발을 담근 채 연둣빛 꽃을 틔우고 있는 버드나무……. 그 사이에서 나도 봄의 한 자리를 차지하고 씩씩하게 지낼 힘을 얻게 된다. 나 역시 봄의 장면을 이루는 일부분이라는 걸, 때에 맞춰 해야 할 일이 있는 존재라는 걸 알게 된다.

더 나아져야 한다고 끊임없이 다그치는 인간 세상과 달리, 자연은 나무라지도 채근하지도 않는다. 나무가 나무로 살고 새가 새로 살듯 나는 나로 살면 된다는 걸 알게 할 뿐. 세상에 풀처럼 돋아났으니 다만 철 따라 한 해를 사는 것. 봄에 새순 같은 희망을 내어 여름에 키우고, 가을에 거두며, 겨울엔 이듬해를 준비하는 게 자연스러운 한해살이다.

어떻게 살아야 할지 모르겠을 땐 큰 질문은 쪼개서 작은 질문으로, 큰 시간은 쪼개서 작은 시간으로. 1년이 막막하다면 다만 봄의 하루를 성실하게.

빈손으로 돌아온다 생각했는데 내가 펼쳐본 쪽지에 적혀 있던 건 모두 나를 위한 답이었다.

춘분 무렵의 제철 숙제

☑ 동네 구석구석으로 '봄을찾기' 산책 나서기

☑ 내가 찾은 봄의 작은 기적을 사진으로 남겨보기

☑ 비슷하게 생긴 봄꽃의 이름과 구분법 익혀보기

청명

淸 明

맑을 밝을
청 명

4월 5일 무렵

산과 들에 꽃이 피어나는
맑고 밝은 봄날

지금을 놓치면 1년을 기다려야 하는 것

청명엔 꽃달임이 제철

벚꽃 기다리는 법을 나는 그 집에서 다 배웠다. 벚나무를 창 옆에 두고 살지 않을 때, 봄은 늘 먼 데 있는 것이었다. 만 나러 가야 하는 것, 북적이는 꽃놀이 명소에 있는 것. 하지만 4층 꼭대기 집은 겨우내 난로를 켜고 살아야 할 만큼 추운 대 신, 봄이면 미뤄둔 사과를 건네듯 네 개의 너른 창으로 벚나 무 산책로를 보여주었다. 사회적 거리 두기 단계가 강화되며 일주일에 며칠씩 재택근무를 할 때였다. 일어나면 창가에 놓 인 책상에 앉아 어두워질 때까지 머무르며 산책로의 하루를 온종일 지켜볼 수 있었다.

벚나무를 곁에 두고 살면서 겪은 가장 근사한 일은 벚꽃이 피는 속도를 지켜볼 수 있었다는 것이다. 벚꽃이 피는 동안 매일매일 목격자가 되어주는 일. '아뇨, 그때 벚꽃은 피고 있었어요.' 알리바이를 증명하듯이. 춘분 무렵이면, 창 아래 벚나무의 빈 가지 끝에 여린 꽃망울이 보이기 시작했다. 아침에 일어나면 날씨를 확인하듯이 벚나무의 안부를 확인했다. 오늘 안색은 좀 어떤지. 가물었던 며칠 끝에 밤새 비가 왔는데 목을 축이고 나니 좀 나은지.

매일 지켜보는 사람만 눈치챌 수 있을 정도로 조금씩 색이 짙어지던 꽃망울은 특히 비 온 뒤 물기에 젖어 있을 땐 금방이라도 진분홍 꽃을 터뜨릴 기세였는데, 이튿날 아침이면 지금까지 농담을 했다는 듯 하얀색 꽃이 피어 있었다. 진분홍을 활짝 펼치면 흰빛이 된다니. 벚나무의 겨울눈이 윤기를 띠며 부풀어 오르는 모습을 내내 지켜보다가 마침내 개화를 목격하면, 봄이 그리는 그림을 스케치 단계에서부터 다 지켜본 기분이 들었다. 완성된 그림 같은 만개한 꽃만 보았을 때와는 또 다른 감동이었다. 날씨가 더없이 환한 날에는, 봄볕의 열기에 먼저 팡팡 터지기 시작한 꽃송이들을 찾아내는 즐거움이 있었다. 산책로의 나무들은 볕을 받는 시간에 따라 차례로 꽃을 피웠다.

　주말이면 할 일이라곤 꽃이 피기를 기다리는 것밖에 없는 사람처럼 지냈다. 테라스에 캠핑 의자를 꺼내놓고 앉아 있으면, 아침나절만 해도 닫혀 있던 꽃봉오리가 점심 무렵 벌어지곤 했다. 봄날에 겪을 수 있는 낭만 중 최고의 낭만이었다. 벚꽃이 피는 순간을 목격할 수 있다니. 4층 높이 테라스에서는 벚나무 정수리가 부푸는 모습이 그대로 내려다보였고, 꽃이 만개한 며칠 동안에는 연분홍 꽃구름 위에서 지내는 기분이었다.

　이걸 나만 봐도 되나 싶어 보여주고 싶은 이들을 불렀다. 그 집에선 벚꽃이 피어 있는 일주일을 참 애틋하게도 보냈다. 친구들과 와인을 나눠 마시고, 강과 나란히 앉아 '벚맥'을 하고, 직박구리나 참새가 꽃송이를 똑똑 따서 꿀을 빨아 먹는 모습을 구경하기도 하면서. 간혹 바람에 팽그르르 날아온 꽃잎이 잔 위로 내려앉아 하던 말을 멈추기도 했다. 그 시절의 어느 날 일기에는 이렇게 적혀 있다.

　뛰어서 퇴근했다! 벚나무가 기다리는 집을 향해 빨리 뛰어가고 싶어지는 봄날 저녁.

만개의 시간이 짧다는 걸 알기에 매일을 아까워할 수 있었겠지. 집에 놀러 온 친구를 전철역까지 바래다주고 돌아오는 길이나 야근 후 퇴근하는 길에는 같은 길을 일부러 몇 번씩 오가곤 했다. 걸어서 3분 남짓 되는 벚꽃 터널을 늘리듯이 오래도록 걷고 싶어서.

벚꽃이 피는 모습을 보면 마음이 덩달아 부풀어 오른다. 그건 해가 갈수록 귀해지는 감정이어서 또 봄을 기다리게 되고. 올해도 내 마음이 잘 부풀어 오르나 지켜본다. 오븐 너머로 부풀어 오르는 빵을 지켜보듯이. 잘 구워지고 있나, 내 마음. 봄볕에 여전히 부풀어 오르고 있나. 그게 마치 마음이 살아 있다는 확인이라도 되는 것처럼.

*

벚꽃을 빼고는 이야기할 수 없는 청명清明은 맑을 청清에 밝을 명明, 이름 그대로 맑고 밝은 봄날을 뜻한다. "청명에는 부지깽이만 꽂아도 싹이 난다"는 속담처럼 이 무렵은 산천의 모든 것이 왕성한 생명력으로 빛나는 계절이다. 언덕에는 푸른 풀이 돋고, 벚꽃과 개나리와 진달래가 환하게 피어나며 나무는 연둣빛 새 이파리를 흔든다. 무얼 심어도 잘 자랄 때니 농부들은 농사 준비로 한창 바빠진다.

　청명에는 나무를 심고 그 나무에 아이의 이름을 붙여주던 '내 나무 심기' 풍습이 있었다. 딸이 태어나면 오동나무를, 아들이 태어나면 소나무나 잣나무를 심었고, 아이들로 하여금 자라는 동안 '내 나무'를 정성껏 돌보게 했다. 시간이 흐른 뒤 오동나무는 혼수용 장롱을 만드는 데, 소나무는 관을 짜는 데 썼다. 식목일이 이때로 정해진 것도 온화하고 맑은 날씨가 식목植木에 가장 적당한 시기였기 때문. 나무 심기를 장려하기 위해 만든 〈나무 타령〉이라는 민요도 지역마다 조금씩 다르게 전해 내려온다. "청명 한식 나무 심자. 무슨 나무 심을래. 십리 절반 오리나무, 열의 갑절 스무나무, 대낮에도 밤나무, 방귀 뀌어 뽕나무, 오자마자 가래나무, 깔고 앉아 구기자나무, 거짓 없어 참나무, 그렇다고 치자나무……." 도대체가 익살 없이는 한마디도 그냥 못 넘어가는 민족이 아닌가 싶어지는 동시에, 들어본 적 없는 민요에 음을 붙여 흥얼거리고 있는 내 모습을 발견하고 흠칫 놀라고 만다.

　옛사람들에게도 이 무렵은 환하고 아까운 계절이었을 것

이다. 그것을 엿볼 수 있는 게 음력 세시 풍속인 삼짇날의 '꽃달임'이다.

"사해四海가 하나 되고 만백성이 태평하니 경치 좋은 곳에서 놀게 하소서."

세종은 영의정 '유관'이 올린 상소에 따라 음력 3월 3일(삼짇날)과 9월 9일(중양절)을 명절로 공인하고, 백성들이 경치 좋은 곳을 택해 즐거이 놀 수 있도록 윤허했다. 말하자면 그 이틀은 국가가 허락한 꽃놀이와 단풍놀이의 날이었던 셈이다. 삼짇날엔 파랗게(靑) 돋은 새 풀을 밟으며(踏) 산책한다는 뜻의 '답청踏靑', 경치 좋은 곳에 여럿이 모여 꽃을 따다 음식을 해 먹는 '꽃달임'을 했다. 진주에서는 삼짇날을 '해치'라 불렀는데 '모여서 취하도록 먹고 마신다'는 뜻의 방언이라고. 이름을 달리해서 불렀을 뿐 모두 환한 봄날을 즐기자는 의미였다.

삼짇날이 밝으면 아침 일찍부터 준비를 서둘러 지천으로 핀 진달래 사이에 삼삼오오 모인다. 어른들은 한겨울에 담가 청명에 열어 마시는 절기주 '청명주'를 마시거나 진달래꽃을 말려서 빚은 '두견주杜鵑酒'를 마시곤 했다. 아이들은 꽃가지를 꺾어다가 꽃노래도 부르고 꽃싸움도 하면서 온종일 신나게 놀았다. 갓 돋아난 보드라운 쑥을 캐서 쑥국을 끓이거나 쑥버무리를 해 먹기도 했다.

삼짇날의 대표 음식은 뭐니 뭐니 해도 진달래 화전. 꽃이 필 즈음 두견새(소쩍새)가 운다고 하여 '두견화杜鵑花'라고도 불리는 진달래는 먹을 것이 없던 시절 허기를 채워준 꽃이기도 했다. 가마솥 뚜껑을 뒤집어 달군 후 찹쌀가루를 익반죽해 올려 동글납작하게 지지다가 반죽이 익어 투명하게 비칠 때쯤 뒤집어서 진달래꽃을 붙이면 완성되던, 입보다 눈으로 먼저 먹었던 요리. 뛰어노는 아이들과 취해가는 어른들 사이로 한 줄기 봄바람이 불 때마다 고소한 기름 냄새가 퍼지곤 했겠지. 고려시대와 조선시대 문집에 답청하는 즐거움과 아름다움을 노래한 시가 많이 남아 있는 것은, 우리 조상들이 꽃놀이에 얼마나 진심이었는지를 알려준다.

이런 기록을 찾아볼 때마다 유서 깊은 꽃놀이를 물려받는 기분이다. 전통을 이어가는 바람직한 후손이 되어야겠다는 각오도 선다. "취하려면 곱게 취해라." 어른들이 종종 하는 말인데, 꽃달임이야말로 곱게 취하는 길이 아닌가! 청명 무렵에는 다 같이 유난스러워져서 유난한 꽃놀이를 즐기며 유난한 봄날을 보내는 것도 좋겠다.

벚꽃 앞에서의 이 유난한 기분에 대해 생각해본 적 있다. 계절마다 자기 때를 맞춰 피고 지는 꽃은 늘 있는데, 왜 벚꽃 앞에서는 뜻 모를 초조와 아름다움과 쓸쓸함을 동시에 느끼는 걸까? 그건 어쩌면, 겨울을 끝내고 맞이한 벚꽃의 시간이 사계절을 압축해놓은 듯 빠르게 흘러서인지도. 벚꽃 아래 서 있으면 시간의 흐름을 생각하지 않을 수 없다. 꽃망울이 부풀다가 터지고 환한 꽃구름이 만들어졌다가 바람에 하염없이 흩어져 사라지기까지 걸리는 시간은 일주일 남짓. 그사이 봄비가 내리거나 세찬 바람이 불면 시간은 더 줄어든다. 격무에 시달리거나 미세먼지가 자욱하거나 환절기 감기라도 앓는다면 꽃을 보러 나설 수 있는 건 고작 하루 이틀. 그마저도 놓치고 나면 바닥에 떨어져 말라가는 꽃잎을 보며 '꽃놀이도 못 가다니 이게 사는 건가……' 하는 회한에 젖을 수밖에. 뭐 대단한 일을 한다고 봄을 놓치고 살던 몇 해를 보내고 나니, 남은 건 당연히 후회뿐이었다. 봄마다 회한을 적립하며 살 수는 없었다. 원망해야 할 건 이 나라의 노동 환경이었는데 나라는 세종 때와 달리 나의 꽃놀이를 챙겨주지 않았으므로 그걸 챙길 사람은 나밖에 없었다(삼짇날 공휴일 지정이 시급하다). 그때부터 내 꽃놀이는 내가 지킨다는 맘으로 봄을 맞았다.

1년은 365일로 이루어져 있는데 고작 봄의 하루도 시간을 내지 못하며 사는 게 정말 괜찮은 걸까? 벚꽃 앞에서 나는 늘 그런 생각을 한다. 지금을 놓치면 1년을 기다려야 만날 수 있는 풍경이라고. 꽃은 내년에도 다시 필 테지만 올해는 올해뿐이니까, 올해의 나에게 추억을 만들어주어야 한다. 만개한 꽃 아래 우리의 즐거움도 만개할 시간을 주어야 한다.

그러니 누가 뭐라 해도 꽃놀이만큼은 '내가 나한테 이것도 못 해줘!' 하는 마음으로 시간을 내서 즐기기를. 올해 벚꽃 개화 예측 지도가 발표되면 눈여겨봐두고, 벚꽃과의 눈치 싸움이 본격 시작된 날부터 틈틈이 날씨를 지켜보고, 며칠에 누구와 어디에 갈지 미리 달력에 동그라미도 쳐두면서. 청명주와 진달래 화전을 대신할 나만의 청명 절식이 있는 것도, 소란함을 피해 숨어들 수 있는 나만 아는 꽃놀이 명소가 있는 것도 좋겠지. 환한 꽃그늘 아래 자리를 펴고 앉아 시시각각 봄이 흘러가는 것을 지켜보다가 '아, 이 맛에 산다' 하는 흡족한 미소를 띨 그날까지. '이게 사는 건가'와 '이 맛에 살지' 사이에는 모름지기 계획과 의지가 필요한 법이다. 제철 행복이란 결국 '이 맛에 살지'의 순간을 늘려가는 일.

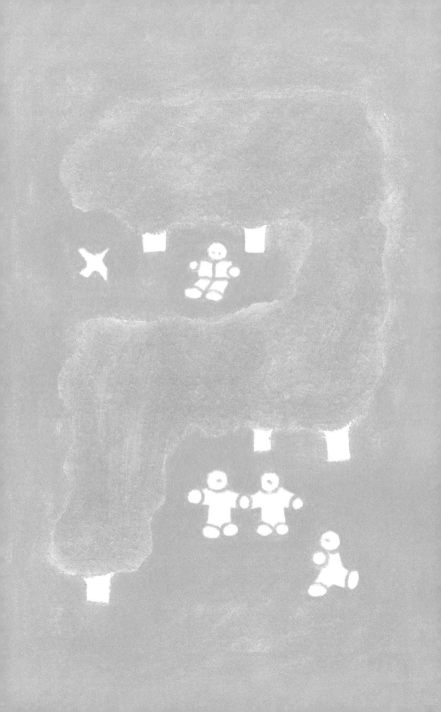

생일 주간만 있으란 법 있나. 목련 주간, 벚꽃 주간, 라일락 주간, 아까시꽃 주간……. 꽃이 피어 있는 일주일 동안 그 시간을 애틋하게 여긴다면 그게 무엇이든 나만의 주간이 될 수 있을 것이다. 명명의 힘은 생각보다 커서, 좋아하는 꽃이 만개하는 시기를 '나만의 ○○ 주간'으로 정해둔다면 매년 생일 주간 버금가는 즐거운 행사가 될지도.

꽃은 늘 기다린 시간보다 짧게 머물다 가니,
봄이 오면 언제까지라도 오늘의 기쁨을 선택할 수 있기를.
내일의 즐거움을 예약할 수 있기를.

봄꽃이 재촉하듯 전하는 말은 늘 하나다.
"그러지 말고 나와서 놀자!"

청명 무렵의 제철 숙제

☑ 골목길이나 산책로에서 앞으로 1년간 지켜볼 '내 나무' 정해보기

☑ 꽃달임 나갈 날짜와 장소를 정해 미리 약속 만들어두기

☑ 청명주와 진달래 화전을 대신할 나만의 꽃놀이 페어링 메뉴 찾기

곡우

穀　雨

곡식곡　비우

4월 20일 무렵

곡식을 기르는
봄비가 내리는 때

봄 산을 보면 생각나는 사람이 있어서

곡우엔 봄 산과 돌미나리전이 제철

어떤 해에는 봄을 일찍 만나 늦게 헤어지고 싶어진다. 오래 기다려서 반갑게 재회한 친구처럼, 함께 있는 시간을 조금이라도 더 연장하고 싶은 마음. 그럴 때면 바지런히 짐을 챙긴다. 3월 즈음 부산이나 남해로 '벚꽃 마중'을 나갔다가 4월 중순 이후엔 북쪽으로 '벚꽃 배웅'을 떠나는 것이다. 서울의 벚꽃이 다 진 뒤에도 기온이 더디 오르는 북쪽 땅, 혹은 산속에는 벚꽃이 남아 낯선 이를 반겨준다. 아니 남아 있다는 말은 정확하지 않겠다. 그곳에선 그곳의 속도와 기온에 따라 제철을 맞이한 꽃들이 피고 있을 뿐이니까. 올해 벚꽃은 결국 놓쳐버린 것 같아 상심할 때 한 번 더 기회를 얻을 수 있다니, 내가 사는 곳에서 더 갈 수 있는 북쪽 땅이 있다는 게 봄마다 다행스럽다. 그런 식으로 이른 봄에는 남으로, 늦봄에는 북으로 향하는 게 봄꽃을 가장 오래 즐길 수 있는 방법이다.

어디로 떠나든 벚꽃을 배웅하러 나서는 건 곡우 즈음. 여섯 번째 절기이자 봄철의 마지막 절기인 곡우穀雨는 이름도 정겹다. '봄비가 내려 모든 곡식을 기름지게 한다'는 뜻. 이맘때 비가 자주 와서라기보다 도리어 봄 가뭄이 심한 때라 비가 내리길 바라는 농부의 간절함이 담긴 이름이라 할 수 있다. 옛날에는 곡우 무렵의 단비로 논에 물을 채워 못자리를 내었기에 한 해 벼농사를 준비하며 비를 몹시 기다렸을 것이다.

절기 이름 중 비 우雨 자가 들어가는 것은 우수와 곡우뿐이다. 그만큼 이 무렵의 비가 농사에 중요하다는 뜻일 터. 우수의 비는 언 땅을 녹여 농사를 준비할 수 있게 해주는 고마운 비고, 곡우의 비는 봄 가뭄을 해갈해주어 곡식을 기를 수 있게 해주는 귀한 비다.

무심히 넘기던 절기의 이름을 가만히 들여다보면, 그 속에 계절의 흐름이 담겨 있다는 걸 알 수 있다. 춘하추동이 들어간 입절기와 기절기 외에 기온의 특징을 담고 있는 이름에는 소서(작은 더위), 대서(큰 더위), 처서(더위가 그침), 소한(작은 추위), 대한(큰 추위)이 있고, 강수 현상을 나타낸 이름으로는 우수(봄비), 곡우(곡식 비), 소설(작은 눈), 대설(큰 눈)이 있다. 백로(흰 이슬), 한로(찬 이슬), 상강(서리가 내림)은 수증기의 응결 현상을 나타내고, 경칩, 청명, 소만, 망종 등은 이 무렵 만물의 변화를 관찰해 붙인 이름이다. 뜻을 알게 된 것만으로 유리창을 깨끗이 닦아내고 계절의 풍경을 바라보는 기분이 든다.

해의 움직임에 끊어짐이 없는 것처럼 절기 역시 하나의 연결된 흐름으로 읽을 때 기억하기가 쉽다. 입춘부터 봄기운이 서서히 돌기 시작하면 우수의 비에 언 땅이 녹는다. 땅이 녹으니 그 안에서 잠자던 동식물이 깨어나는 게 경칩이고, 그렇게 깨어난 자연의 모든 것들이 본격적으로 활기를 띠기 시작하는 게 춘분, 이후 산천에 꽃이 만발하고 곡식을 기를 수 있을 만큼 봄이 깊어진 때가 청명과 곡우다. 절기상 어느 무렵을 지나든 '지금'에는 지나온 시간의 흔적이 쌓여 있고 다가올 시간의 단서가 숨어 있는 셈이다.

'철들다'라는 말은 바로 이 절기, 제철을 알고 사는 것을 뜻했다. '철부지'는 지금이 어느 때인지를 알지 못하니(不知)

어리석다는 의미. 때를 알아야 하는 건 때를 놓치면 안 되는 일들이 있기 때문이다. 씨 뿌릴 시기를 놓치면 한 해 농사가 어긋나고, 꽃을 피우지 않은 나무에겐 열매가 맺히지 않는 것처럼. 결국 철이 든다는 건 지금이 어떤 계절인지를 알고 제때 해야 할 일을 하며 산다는 것. 봄이 오면 나무는 꽃을 피우고, 새들은 둥지를 짓고, 농부는 씨앗을 뿌린다. 잊고 지낸 지 오래된 사실이지만, 우리 역시 자연의 리듬에 맞춰 살도록 태어났다. 그렇다면 나무와 새처럼 우리에게도 때에 맞춰 해야 하는 일들이 있지 않을까?

*

올해는 마지막 벚꽃을 배웅하러 양평에 있는 산장에 갔다. "가끔 운 좋은 손님들은 눈을 보고 가시기도 해요." 처음 방문했던 한겨울에 체크인 안내를 해주던 숙소 주인이 그렇게 말했고, 거짓말처럼 눈이 내리기 시작해 운 좋은 사람이 됐던 곳. 너른 정원 한편에 세모난 지붕의 방갈로가 있어서 눈 내리는 풍경을 보며 와인을 마셨다. 봄이 오면 또 어떤 풍경이 펼쳐질까 궁금해하면서.

사흘을 묵고 돌아오는 길에 바로 봄의 며칠을 예약했다. 이듬해 봄에 예정된 기쁨이 있어서, 만나러 갈 풍경이 있어서 긴 겨울을 지나는 동안 문득문득 설렜다. 제철 행복을 미리 심어두는 건, 시간이 나면 행복해지려 했던 과거의 나와 작별하고 생긴 습관이다. 그때 나는 '나중'을 믿었지만 그런 식으로는 바쁜 오늘과 바쁠 내일밖에 살 수 없었다. "밥 먹을 시간도 없었어." 지친 목소리로 자주 그렇게 말하는 동안 알게 됐다. 무얼 하든 무엇을 '하는 데'에는 결국 시간이 필요하다는 걸. 밥을 먹는 데에도, 산책을 하는 데에도, 대화를 나누는 데에도 시간이 필요했다. 내가 원하는 시간의 자리를 마련해줄 사람은 나밖에 없었다.

당연히 행복해지는 데에도 시간이 필요하다. 어렵게 찾은 방법은 두 가지. 오늘의 일과와 의무 사이에서 '틈틈이' 행복해지기, 그리고 앞날에 행복해질 시간을 '미리' 비워두기. 틈틈이 행복해지는 건 영양제 먹듯이 챙기면 된다. 날씨 좋은 날 점심시간에 10분이라도 산책을 하고, 늦은 퇴근길에 맛있는 요리를 포장하면서 오늘의 기쁨을 소홀히 하지 않는 것. 행복해질 시간을 미리 비워두는 데는 약간의 성실함이 필요하다. 3개월 뒤의 달력에 동그라미를 치고 숙소를 예약해둔다. 내가 좋아할 게 분명한 제철 풍경을 나에게 선물해준다는 마음으로. 예전의 나는 아무것도 심지 않은 자리에 무엇이 나길 기대했던 걸까. 나를 위한 시간을 미리 심어두어야 그 자리에 어떤 기쁨이 나는지 볼 수 있는데도.

3개월 만에 다시 찾은 숙소 마당엔 봄꽃이 가득했다. 방갈로 옆에 있던 나무가 벚나무였단 것도 처음 알게 되었다. 겨울엔 눈이 쌓여 있었던 세모난 지붕 위로 꽃잎이 소복이 쌓여 있었다. 계곡 건너편에서는 귀촌한 것으로 보이는 농부가 이랑과 고랑을 일구고 있었고, 그 옆에선 얌전한 개 두 마리가 일이 끝나길 기다리고 있었다. 봄의 흙에선 포슬포슬한 감자 같은 훈기가 느껴졌다. 외투를 껴입고 테라스 흔들의자에 앉아서 '봄멍'을 하며 맥주를 마시자니 옛 선비들이 왜 이런 순간 시를 읊곤 했는지 알 것 같았다. 부족할 걸 알면서도 어떻게든 언어로 옮겨보고 싶어지는 풍경. "두 번째 오니까 두 배로 좋네." 소나무 아래 해먹에 도롱이벌레처럼 돌돌 말려 있던 강이 말했다. 제철 행복을 심어두길 역시 잘했지.

둘째 날 밤부터는 비가 내리기 시작했다. 곡우의 비라니!

멀리 있는 시골집 마당과 집 앞의 논밭을 촉촉이 적셔주고 있을 반가운 비였다. 게다가 벚꽃 배웅 여행의 마지막 순서는 늘 정해져 있는데, 바로 집으로 돌아가는 길에 북한강변에 앉아 미나리전을 먹는 것. 비까지 내려서 완벽한 '전 감성'이 되었으니 더 반가울 수밖에.

비가 내리면 바깥 자리에 앉지 못할 것 같아 그것 하나가 아쉬웠는데 다음 날 정오가 지나며 날이 개기 시작했다. 비 그친 공기는 더없이 상쾌했다. 플라스틱 의자의 물기만 살짝 닦아내고 앉을 생각에 들뜬 채로 강변을 달려 이름도 정직한 '돌미나리집'에 도착했다.

북한강을 향해 열린 등나무 아래 테이블에 자리를 잡자마자 '웰컴 푸드'처럼 소쿠리에 미나리 한 줌이 담겨 나온다. 싱싱한 미나리 몇 줄기를 집어 돌돌 말아서 초장에 찍어 먹으면 향긋한 봄이 입안에 가득 찬다. 등나무에 벌써 연보라색 꽃이 피기 시작한 걸 발견하고 반가워 사진도 찍었다. 5월이 되면 환하게 핀 연보랏빛 등나무꽃에 시선이 붙들려 걷던 이도, 자전거 타던 이도 홀린 듯 이 집에 들어설 것이다. 꽃그늘 아래서 마시는 막걸리는 또 어찌나 단지.

그런 생각을 하며 입맛을 다실 때쯤 주문한 미나리전과

비빔국수가 나왔다. 바삭하게 익은 미나리전 가장자리를 떼어 한 입 먹는 순간엔 누구와 있든 동시에 눈을 맞추게 된다. '맛있지 맛있지!' '맛있다 맛있어!' 무언의 감탄을 나누면서. 리, 리, 리 자로 끝나는 말 중에 가장 맛있는 건 미나리라는 노래가 절로 나온다. 기름진 맛 뒤에는 매콤하고 새콤한 비빔국수 한 입. 아무리 참아보려 해도 기분이 좋아져버리면 어쩔 수 없이 막걸리도 한 병 주문.

'벚꽃 배웅을 하고 돌아오는 길엔 돌미나리집에 가서 미나리전에 막걸리를 마신다.' 구체적인 계절 리추얼이 생긴다는 건 그런 일이다. 나에게만 의미 있는 장소에 가서 나에게만 의미 있는 일을 하며 사는 재미를 느끼는 것. 별거 아닌 듯해도 이런 작은 움직임이 모여 삶에 생기를 더해준다. 내년에도 와야지, 하는 마음으로 다음 봄을 기다리게 해주기도 하고.

달아오른 볼을 바람에 식히며 길 건너 북한강을 바라본다. 더 바랄 게 없어지는 봄날 오후다. 이 집의 주인은 풍류를 아는 이가 틀림없다. 그러지 않고서야 이렇게 강이 내다보이는 자리에 등나무 꽃그늘을 만들어 전과 막걸리를 팔 생각을 했을까. 저 산 좀 봐. 요즘의 연두는 어쩜 저런 빛깔일까. 등나

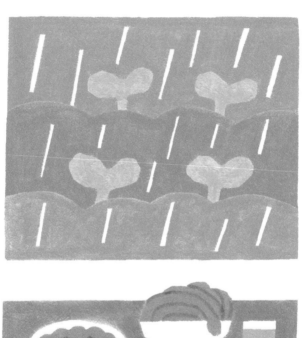

무꽃이 꼭 포도송이 같지. 나중에 마당 있는 집에 살게 되면 복숭아나무랑 등나무는 꼭 심고 싶어. 봄마다 꽃 피는 순서 대로 행복해질 수 있을 거야. 그런 이야기를 나누는 동안에도 봄은 시시각각 깊어져가고……

나는 당연한 수순처럼 오랜 친구를 떠올린다. 이 집을 처음 발견한 것도 그 친구와 함께였다. 10여 년 전 겨울에 남양주 트레킹 코스인 '다산길'을 함께 걸었던 게 시작이었다. 봄에 다시 오자 말하고서는 이듬해 봄 그 약속을 지켜 운길산에 같이 올랐다. 우리는 맛있는 맥주를 마시기 위해 부러 산을 타는 사람들처럼 목을 바짝바짝 마르게 한 후 등산로 초입에 위치한 전집에서 시원한 생맥주에 미나리전을 먹었다. 부침가루의 흔적이 거의 없는 미나리전은 어찌나 바삭하고 향긋하던지 전을 부치는 새로운 기술을 발견하기라도 한 것처럼 놀랐더랬지. 그리고 봄마다 이렇게 같이 산을 오르고 미나리전을 먹자고 약속했던 것 같다. 말하는 순간엔 언제까지나 지켜질 것만 같았던 그런 약속들.

친구가 고향에 내려가게 되면서 이젠 멀어진 그 시절만큼이나 우리 사이의 거리도 멀어졌다. 몇 해 전엔 친구의 고향

집에 찾아가 하루 묵고 온 적이 있다. 며칠 전부터 들판을 오가며 손수 돌미나리를 뜯었다는 친구는 옥상에 캠핑 의자를 펼치고 앉아 끊임없이 전을 부쳐주었다. 고소한 파 기름에 돌미나리를 넉넉히 넣어 부친 그 전은…… 인생 최고의 돌미나리전이었다. 앞으로도 그 이상의 돌미나리전은 만날 수 없을 것 같다. 그건 그해, 그 봄, 그 밤, 모닥불과 보름달과 밤바람과 지금보다 조금 더 젊었던 우리, 그 모든 게 어우러졌을 때만 가능했던 맛이니까. 한 시절 최고의 친구가 만들어주었던 한 시절 최고의 미나리전. 나는 그 밤에 액자를 두르고 그렇게 적어 마음의 벽에 걸어둔다. 오래오래 바라보고 싶어서.

그 시절 우리가 나눠 가진 건 단순히 봄의 맛이 아니었다. 해도 해도 바닥나지 않는 이야기를 서로에게 털어놓느라 문 닫은 카페 앞에서, 막차가 끊긴 버스 정류장에서 서성이던 날들. 서로의 고민에 뾰족한 답을 내주지 못해도, 이런 어른이 되어버린 내가 탐탁지 않을 때에도 친구가 있어 괜찮았다. 이만큼 괜찮은 친구가 곁에 있다는 그 사실만으로 힘을 내었고, 의지하며 한 시절을 건널 수 있었다. 그 시절 나를 기르는 봄비가 친구였다. 그러니 이 글은 나의 미나리 친구에게 부치는 늦은 봄 편지.

매년 4월이면 돌미나리전을 먹는다. 그건 봄마다 친구를 떠올린다는 말. 우리는 예전처럼 자주 만나지 못하게 되었지만 평생 미나리전 앞에서 친구를 떠올릴 것을 생각하면, 오래전의 약속이 모양만 바뀐 채로 계속 지켜지고 있는 것 같다. 그때 봄 산을 같이 걷길 잘했지. 평상에 앉아 미나리전을 먹길 잘했지.

어쩌면 좋은 계절의 좋은 순간을 함께 보내고 싶은 마음을 줄여서 우정이라 부르는 건지도. 우리는 그렇게 잊지 못할 시절을 함께 보낸다. 서로에게, 잊지 못할 사람이 된다.

곡우 무렵의 제철 숙제

☑ 봄비를 기다리며 돌미나리전을 사 먹거나 해 먹어보기

☑ 가장 맑은 연두와 분홍으로 빛나는 이맘때의 봄 산 바라보기

☑ 3개월 뒤의 나를 위해 제철 행복 미리 심어두기

2부

여름, 햇볕에 자라나는 계절

<table>
<tr><td>*</td><td>*</td><td>*</td><td>*</td><td>*</td><td>*</td></tr>
<tr><td>입</td><td>소</td><td>망</td><td>하</td><td>소</td><td>대</td></tr>
<tr><td>하</td><td>만</td><td>종</td><td>지</td><td>서</td><td>서</td></tr>
</table>

입하

立 夏

설 여름
입 하

5월 5일 무렵

싱그러운 여름에
들어서는 출발선

5월에 내리는 이토록 하얀 눈

입하엔 '입하얀꽃'이 제철

요즘의 바깥은 얼마나 환한지. 연두와 초록 그 사이 어디쯤의 나뭇잎들, 짙은 향을 바람결에 배처럼 띄워 보내는 하얀 꽃들. 익숙해서 자주 잊지만 신록新綠은 말 그대로 새로운 초록, 올해 처음 돋은 잎에서 보이는 초록을 말한다. 나무가 늘 한자리에서 계절에 따른 모습을 보여주는 것 같아도, 우리는 해마다 새로운 나무를 만나고 있는 셈이다.

이맘때 숲이나 강을 걷다 보면 이 모든 것을 누리는 데 시간만 있으면 될 뿐 아무 돈도 들지 않는다는 사실에 깜짝 놀란다. 공기는 폭신하고 햇살은 따스하며 풍경에선 윤기가 난다. 누구도 가질 수 없기에 모두가 가질 수 있는 자연이 눈앞에 펼쳐져 있다. 창밖으로 이 계절에 이토록 환하게 불이 들어와 있는데 어째서 그걸 충분히 누리지 못하고 사는 걸까.

아이슬란드어에는 '날씨가 화창하다는 이유만으로 예정에 없이 주어지는 휴가'를 뜻하는 '솔라르프리^{Sólarfri}'라는 단어가 있다. 번역하면 태양 휴일 혹은 날씨 휴가쯤 될까. 이토록 좋은 날씨엔 노동자에게 마땅히 태양 아래서 시간을 보낼 권리가 있다고 인정해주는 말. 실제로 화창한 날 사무실 게시판이나 상점 유리창에 'Sólarfri'가 붙어 있는 모습을 종종 보게 된다고. 그저 날씨가 좋아서 쉬는 날이라니. 예고 없이 주어진 하루짜리 휴가나 오후 반차는 얼마나 선물 같을까? 회사 점심시간에 공원을 걷다가 이 좋은 날씨를 두고 바깥 풍경도 보이지 않는 사무실 자리로 돌아가야 한다는 사실이 믿기지 않아 눈물이 날 것 같았던 몇 해 전의 내 손에 쥐여주고 싶은 단어다.

아이슬란드에 솔라르프리라는 단어가 존재한다는 건 동시에 그곳 사람들에게 햇빛이 얼마나 소중한 자원인지를 말해준다. 수도인 레이캬비크 연평균 기온이 섭씨 5도밖에 되지 않는 데다 "지금 날씨가 마음에 들지 않는다면 5분만 기다려라"라는 말이 있을 정도로 변화무쌍하고 예측 불가능한 기후를 가진 나라. 비바람이 걷히고 햇볕이 내리쬐는 오후를 누구보다 기다릴 사람들. 드물고 소중한 것이 찾아오면, 누릴 수 있을 때 마땅히 누려두려는 마음이 만들어낸 문화가 아닐지.

사계절이라고 하지만 실제로는 봄-여어어어어름-갈-겨어어어어울을 겪는 우리에게도 화창한 날씨가 소중하기는 마찬가지다. 이 점을 고려해 전국의 고용주들은 5월 한 달만이라도 솔라르프리를 적극 도입하길. 그럼 사람들은 들뜬 표정으로 평일의 거리와 공원으로 쏟아져 나와 햇살을 즐기겠지. 아침에 일어나 커튼을 걷고 바라본 창밖이 싱그럽게 반짝일 때나 출근길 한강을 건너다 말고 이대로 사무실이 아닌 한강공원으로 직행하고 싶어질 때처럼, 5월엔 마땅히 솔라르프리를 써야 하는 날들이 이어지니까. 한국의 화창한 봄가을에 거리를 채우는 특유의 활기가 있다. 그건 날씨 하나만으로 행복해진 사람들이 '아, 이 정도면 되는구나' '이걸로도 충분하구나' 하는 표정으로 걷고 뛰고 웃을 때만 생기는 활기. 초여름 필터를 씌우면 매일 보던 간판도 집 앞의 나무도 어쩐지 달라

보인다. 누가 한낮의 밝기와 채도를 이렇게 올려두었지? 놀라면서 걷는 계절. 자연은 어서 나와 이 모든 것을 누리라고 말한다. 햇빛을 행복의 자원으로 여길 수만 있다면, 행복해질 기회는 이미 충분히 우리를 찾아오고 있다고.

*

"이팝나무꽃 좀 봐."
"조팝 아니야?"
"키가 크면 이팝이야."

입하는 내게 늘 '이팝'으로 온다. 해마다 도심의 가로수로 늘어선 이팝나무에 하얀 꽃이 피기 시작하고, 그 아래를 지나던 사람들이 이런 대화를 나누면 아, 입하구나 한다. 새하얀 눈꽃 치즈를 수북이 뿌려둔 것 같은 이팝나무는 이맘때 어딜 가도 시선을 사로잡는다. 저 꽃 좀 봐, 하고 멈춰 서는 순간에 우리 삶은 조금 느리게 흐른다. 한 사람의 삶에서 그렇게 말한 순간들만 모아 편집해둔다면 그건 얼마나 아름다운 영상이 될까.

여름에 들어섰음을 알리는 절기 입하立夏. 5월 초순을 여름의 문턱이라 부르기엔 이르지 않나 싶다가도 며칠 새 확연히 달라진 신록 앞에선 고개를 끄덕이게 된다. 입하는 맏이 맹孟 혹은 처음 초初 자를 써서 초여름이란 뜻의 맹하孟夏, 초하初夏라고도 불린다. 초여름은 내가 가장 편애하는 계절이기도 하다. 매년 입하가 되면 오늘부터 초여름이라 불러도 된다고 허락을 받는 기분이다. '보리가 익을 무렵의 서늘한 날씨'라는 뜻의 맥량麥涼 혹은 익은 보리를 거두어들이는 보리의 가을이라 해서 맥추麥秋라 불리는 것도 반갑다. '아, 보리가 익는 계절이니 보리로 만든 맥주를 마시라는 뜻이군' 하고 멋대로 짐작하며 선조들의 뜻에 따르기 위해 야외에서 맥주 마실 자리를 찾아 헤맨다.

계절에 이름을 붙인 건, 먼바다 건너의 옛사람들도 마찬가지였다. 자연을 깊이 이해하며 살았던 아메리카 원주민들은 열두 달에 다양한 이름을 붙여 불렀다. 1월은 '눈에 나뭇가지가 뚝뚝 부러지는 달', 봄이 오는 3월은 '바람이 속삭이는 달', 4월은 '잎사귀가 인사하는 달', 7월은 '사슴이 뿔을 가는 달', 11월은 '모두 다 사라진 것은 아닌 달'……. 절기는 동아시아에 살던 옛사람들이 스물네 개의 계절에 붙여준 이름이니, 자연을 읽어낸 그 마음이 서로 닮아 있다는 게 반갑고도 신기하다. 한 해를 보내는 동안 길을 헤맨다고 느껴질 때마다 지금 내가 머물고 있는 달이나 절기의 이름을 가만히 떠올려본다. 그럼 어떤 마음으로 눈앞의 계절을 바라보고 살아가야 하는지 조금은 또렷해지는 기분.

내게 이 무렵에 이름을 붙여보라 한다면, '5월의 하얀 눈이 나뭇가지에 앉은 계절'이라 답하겠다. 입하부터 6월까지 하얀색 꽃들이 지천에서 피어난다. '입하얀꽃'이라 부르고 싶을 정도다. 꿀벌과 나비를 유인해 꽃가루받이를 해야 하는 식물 입장에선 봄이 지난 지금, 하얀 꽃을 피우는 게 가장 유리하다. 짙은 초록 숲에서 이파리와 구분되게끔 밝은 하얀색 꽃을 피우고, 색을 만드는 대신 아낀 에너지로 진한 향기를 빚어내 벌을 불러들이는 건 나무의 오랜 지혜다. 인간인 내가 할 수 있는 일은 '하얀 꽃'이라 뭉뚱그리는 대신 그 아름다움을 향해 고개를 들고 일일이 이름을 불러주는 일.

개천이나 공원에서 키 낮은 덤불을 이루며 '좁쌀'을 튀겨 놓은 듯 작은 꽃을 피우는 건 조팝나무, 가로수로 쓰일 만큼 키가 큰 데다 길쭉한 '쌀알' 모양의 꽃을 피우는 건 이팝나무다. '쪼~만하면 조팝, 이~(따)만하면 이팝'으로 외우면 잊을 수가 없다. 이팝나무는 꽃이 마치 흰쌀밥을 담아놓은 것 같아 보인다고 하여 '이밥(쌀밥) 나무'가 되었다는 설도 있고, 입하 무렵에 꽃이 피는 나무여서 '입하목'이라 불리다가 이팝나무가 되었다는 설도 있다. 옛사람들은 이팝나무로 농사 운을 점치기도 했다. 쌀밥을 닮은 꽃이 피니 고봉밥처럼 꽃이 수북하게 피면 풍년이 들고, 그렇지 않으면 흉년이 든다고 생각한 것이다. 고창군 목교마을에 수령 250년이 훌쩍 넘는 커다란 이팝나무가 있다는데 언젠가 뭉게구름처럼 꽃이 만개한 모습을 만나러 가고 싶다.

길 가다 향기가 너무 좋아 멈춰 섰는데 흰 꽃이 피어 있을 땐 높은 확률로 쥐똥나무나 때죽나무일 것이다. 향기와 달리 이름이 촌스러워 억울한 나무라는 설명에는 웃음이 새기도 한다. 둘 다 꽃이 아닌 열매가 쥐똥 혹은 반질한 머리의 스님들이 떼로 모여 있는 모습을 닮았다 해서 붙여진 이름. 자주 걷는 개천 산책로에 때죽나무가 있는데 귀여운 종 모양의 꽃들이 아래를 향해 송알송알 달려 있어서 꼭 멈춰 서서 보게 된다. 바람이 불면 일제히 흔들리는 자그만 종들에서 맑은 소리 대신 향기가 난다. 영상에 향기까지 담을 수만 있다면 찍어두고 자주 열어보고 싶을 정도. 흰 꽃에서 눈과 종을 연상했는지 영어로는 '스노벨Snowbell'이라고 불리는데 맞춤옷처럼 어울리는 이름이다. 향기로는 찔레꽃도 빼놓을 수 없다. 그러니 이 무렵 개천을 걷다 보면 산책 나온 개만큼이나 자주 킁킁거릴 수밖에.

멀리서 보았을 때 하얀 꽃이 1층, 2층, 3층으로 나뉘어 핀 것 같다면 층층나무. 알아보는 순간 이름이 단박에 이해되는 모양새다. 층층나뭇과에 속하며 하얀 바람개비 같은 꽃을 피우는 건 산딸나무인데, 반전을 품고 있기도 하다. 누가 봐도 꽃잎이라 여길 하얀 바람개비 부분이 실은 꽃이 아니기 때문. 연녹색 꽃이 워낙 작아 벌의 눈에 띄지 않는 약점을 보완하기 위해 꽃받침을 화려한 꽃잎처럼 펼치고 있는 것이다. 산딸나무를 우연히 만날 때마다 나는 무슨 비밀을 알려주는 사람처럼 이 얘길 꺼내고, 놀라는 얼굴을 보며 마주 웃곤 한다.

입하에는 봄꽃들이 지고 난 자리에 무엇이 생겼는지 들여다보는 즐거움도 있다. 매화가 진 자리에 맺힌 조그만 열매가 매실이란 걸 알려주었을 때 강이 지었던 충격 받은 표정을 잊을 수 없다. 벚꽃이 진 자리에 버찌가 열린다는 사실은 알려주지도 못했다.

이팝나무

층층나무

아까시나무

5월의 첫날, 강과 나는 캘린더 앱의 엇비슷한 날짜에 각자 '아카시아 소풍'이라고 써둔 것을 발견했다. 이게 뭐지? 하다가 둘 다 동시에 아아! 했다. 작년 이맘때 이사 오고 나서 뒷산에 올랐다가 한번은 처음 가보는 코스로 내려온 적이 있다. 좁은 산길이 끝나고 마을 길이 시작될 무렵, 비탈길 양옆으로 호위하듯 늘어선 아까시나무를 보았다. 수령이 짐작 안 되는 높다란 나무는 우리를 배웅하듯 서서 꽃잎을 떨구고 있었다. 바닥에는 먼저 떨어진 꽃잎이 수북이 쌓여 말라가고 있었다. 자연스레 꽃이 만발한 비탈길을 상상하게 됐다. 재채기가 날 만큼 아름다운 풍경이었다. 하얀 포도가 주렁주렁 매달린 듯한 모습을 향해 자꾸만 까치발을 들게 되겠지. 내년에는 꽃이 한창일 때 꼭 와보자, 하면서 저장해두었던 날짜.

동네에서 그런 장소를 몇 군데 안다. 입하 무렵이 제철인 장소들. 산어귀에 있는 가구 공방 겸 카페에도 이맘때 아까시나무꽃이 핀다. 그곳엔 오히려 꽃이 질 무렵에 가야 좋다. 테라스 자리에 앉아 대화를 나누거나 책을 읽다 보면 바람이 불 적마다 꽃잎이 꿈결처럼 날리는 곳이니까. 동네 개천으로는 밤 산책을 나서야 할 때다. 어둠 속에서 더욱 짙게 퍼지는 꽃향기를 맡으며 걷다 보면 마음이 자꾸 달처럼 차오른다. 누구라도 불러내 같이 걷고 싶은 날씨. 걷기만 해도 제철 행복을 충전할 수 있는, 짧아서 소중한 계절이다.

'5, 6월에 피는 하얀 꽃'이라고 검색해보면 일찍이 꽃 사랑꾼들이 정리해둔 정보들이 차례로 뜬다. 그것을 다시 읽어보는 것도 이 무렵의 일이다. 앞서 얘기한 꽃들 외에도 팥배나무, 덜꿩나무, 마가목, 귀룽나무, 함박꽃나무, 쪽동백나무……. 작년의 나는 분명 알았는데 올해의 나는 다시 헷갈리는 이름들. 사진과 이름을 대조해가며 맞아! 하고 반가워하거나 틀린 답을 아쉬워한다. 그렇게 즐거운 오답노트를 만드는 것도 입하의 일.

물론 하얀 꽃의 이름을 알게 된다고 해서 특별한 일이 생기지는 않는다. 그냥 어떤 꽃의 이름을 아는 사람이 될 뿐. 대신 마음 한구석이 눈에 띄지도 않을 만큼, 아주 조금 아름다워진다. 책갈피 사이에 넣어 잘 말린 꽃잎처럼. 평소엔 있는 줄도 모르고 살다가 우연히 그 책을 펼쳐야만 '아 내가 이런 걸 끼워두었지' 겨우 발견하게 되듯이. 그게 무슨 역할을 할지는 시간을 두고 지켜볼 일이다.

다만 자주 마주치는 하얀 꽃의 이름을 몇 개 익혀둔다면 초여름 산책을 하다가 "와, 이 꽃은 뭐지?" 궁금해하는 친구 곁에서 "찔레꽃이네" 알려줄 수 있는 사람이 되겠지. 입하에는 그런 사람과 걷고 싶다. 절기가 뭐 어쨌다고, 하는 대신 하얀 꽃의 이름을 이야기하는 것만으로도 오래 걸을 수 있는 사람과.

입하 무렵의 제철 숙제

☑ '5, 6월에 피는 하얀 꽃'을 검색해 이름을 익히고 주변에서 찾아보기

☑ 나만의 '입하 꽃'을 고르고, 보러 가기에 좋은 장소도 알아두기

☑ 5월의 화창한 어느 날, 자체 '솔라르프리' 감행하기

소만

小 滿
작을 가득찰
소 만

5월 20일 무렵

작은 것들이 점점 자라서
대지에 가득 차는 때

먼저 건네면 무조건 좋은 것

소만엔 싱거운 안부가 제철

"5월은 무엇이 제철인 달일까요?"

"효도?"

몇 주 전 도서관에서 강연을 하다 이렇게 물었을 때, 한 분이 답했다. 더워지기 전에 산책을 더 자주 하자거나, 부지런히 바깥을 즐겨야 한다고 말하려던 참이었는데 순식간에 불효자가 된 기분이었다.

"그렇죠…… 효도가 제철이죠."

머쓱하게 대답하고 나니 제때 해야 할 숙제를 미루고 있는 건 정작 나라는 생각이 들었다. 도서관을 나서며 주말에 시골집에 농사일을 거들러 가겠다고 전화를 걸었다.

"할 일 천지라. 작업복 챙겨 와."

반색하는 인숙 씨의 목소리에 미안한 마음마저 들었다.

시골에서는 여덟 번째 절기인 소만小滿 무렵이 한 해 중 가장 바쁠 때다. 예로부터 모내기의 기준으로 삼았던 절기답게 밭 장만을 하고, 각종 모종을 너른 밭에 옮겨 심고, 보리를 베고, 김매기를 하는 등의 농사일이 끝없이 이어져서 오죽하면 "부엌의 부지깽이도 밭일을 거든다"라는 말이 있을 정도. 하마터면 부지깽이만도 못한 자식이 될 뻔했다. 한편 그런 바지런함이 지나간 자리마다 푸르러지는 게 소만이기도 하다.

한자를 뜯어보면 작을 소小에 가득 찰 만滿. 풍요로운 햇볕 아래 차츰 여름 기운이 차오르며, 자그맣던 식물들이 물과 바람을 머금고 무럭무럭 자라나는 모양새가 눈앞에 그려진다. 숲에서는 봄에 새로 난 잎들이 온전히 펼쳐져 하늘을 덮어갈 테고, 모내기를 끝낸 논에서는 연푸른 벼들이, 밭에서는 옮겨심기를 마친 모종들이 무럭무럭 자라 들판을 채우겠지. 뜻을 몰랐을 때는 낯설게 느껴졌지만, 알고 나니 이 계절의 풍경 위로 포갰을 때 빈틈없이 꼭 들어맞는 이름. 작은(小) 것들이 자라서 세상을 가득 채우는(滿) 소만이다.

　시골집에 도착하니 어제 모내기를 갓 끝냈다는 들판 위로 개구리 소리가 요란했다. 빈 논에 물이 채워지면 짝 찾는 개구리 소리가 어찌나 커지는지 시골에선 밤잠을 설칠 정도다. 거기에 뒷산에서 들려오는 소쩍새 소리까지 겹친다. 옛사람들은 소쩍새가 '솥 적(다) 솥 적(다)' 하고 울면 그해는 풍년이 들 거라 기대했다고 한다. '솥이 작으니 큰 솥을 준비하라'는 긍정적 신호로 해석했다고. '아니 그야 소쩍새 소리가 원래……' 싶어 이의를 제기할라치면 어디선가 긴 시간을 건넌 조상님의 헛기침 소리가 들려오는 듯하다. 아무렴 소쩍새는 봄과 여름 사이에 앉아 해마다 우니, 그 소리가 풍작의 예언으로 들렸을 수밖에.

　모내기 다음 일정은 참깨 모종 심기. 일흔을 넘기고도 여전히 묵직한 농기계를 맨손체조 하듯 다루는 아빠가 밭에 이랑을 만든 뒤 비닐을 씌우면, 그 뒤를 따라다니며 참깨 모종을 심는 게 우리의 임무였다. 문장으로 쓰면 한 줄이지만 두 군데 밭에 깨를 심는 데 꼬박 이틀이 걸렸다. 뙤약볕을 피할 길 없는 너른 밭을 무릎걸음으로 다니며 모종을 심자니 어찌나 힘이 들던지 한 시간에 한 번씩은 고랑에 대자로 누워 하늘을 봤다. 먼 하늘을 날며 커다랗게 원을 그리는 매가 부러울 정도였다. (가끔 글 쓰는 게 힘들지 않느냐는 질문을 받곤 하는데 내게 '힘듦'의 기준점은 늘 농사에 있다. 밭일 한 시간을 하고 나면 글쓰기 한 시간은 군말 않고 하게 된다……)

밭일을 마친 오후엔 잠시도 쉬지 않는 인숙 씨를 따라 고사리를 뜯으러 갔다.

"밭일은 힘들어도 고사리 뜯는 건 재미져. 요 봐라, 을매나 귀엽나."

언덕배기 찔레 덤불 속을 잘 살펴보면 햇고사리가 주먹 쥔 손을 번쩍 든 자세로 돋아나 있었다. 장갑 낀 손으로 똑, 똑, 따면서 앞으로 나아갔다. 고사리 수확의 묘한 점은 분명이 부근을 꼼꼼히 훑으며 지나왔다고 여기고 마지막으로 한 바퀴 휘 둘러볼 요량으로 돌아서면, 어김없이 그냥 지나쳐 온 고사리가 발견된다는 데 있다. 햇볕을 받는 각도 때문인지, 무성한 풀과 덤불 사이로 고사리가 보호색을 띠고 있어서인지 열이면 열 그렇다.

인숙 씨는 그게 꼭 고사리랑 숨바꼭질을 하는 기분이라

고 했다. 이제 그만 내려갈까 하고 돌아서면 또 보이고, 돌아서면 또 보이고……. 마치 고사리가 숨었다 나타나며 "까꿍!" "나 여기 있지!" 말하는 거 같다고. 열띠게 고사리 성대모사(?)를 하며 언덕을 누비는 인숙 씨 뒤를 따라다니는 동안 소쿠리가 가득 찼다.

저녁엔 잔디 마당에 오늘의 일꾼들이 모두 모여 바비큐 파티를 열었다. 시골집 마당에 서면 가운데에 농로를 끼고 펼쳐진 논들을 지나 빨간 지붕을 인 건너편 집이 보인다. 논을 사이에 두고 마주 보며 사는 이웃은 몇 해 전 귀촌한 아저씨. 우리 집 일을 종종 거들어주는 고마운 사람이라고 전해 들었다. 뭐든 나눠 먹어야 직성이 풀리는 아빠가 멀리 마당에서 왔다 갔다 하며 불 피우는 사람을 보고선 집에 있네, 하며 전화를 걸었다. 분주한지 휴대폰을 다른 데 두었는지 아저씨는 전화를 받지 않았고, 그냥 부르는 게 낫겠다며 벌떡 일어난 아빠가 건너편을 향해 소리치기 시작했다.

"어어이! 어어이!"

어린 벼들이 자라는 판판한 들녘에 울려 퍼지는 소리. 저녁상을 앞에 두고 이웃이 이웃을 부르는 소리. 개구리들의 요

란한 합창을 단번에 넘어서는 아빠의 목청에 나는 그만 웃음
이 터져버렸다.

"여 고기 묵으러 와!!! 쫌 건너와!!!"

여덟 살 조카는 그런 할아버지가 재밌는지 옆에서 메아
리처럼 그 소리를 따라 하고 있고.

"어어이! 어어이!"

"어어이! 어어이!"

온 동네 사람들을 다 불러 모을 듯한 두 사람의 목청에
(다행히) 아저씨가 고개를 들어 이쪽을 바라보았고, 노을이 내
려앉은 논둑을 가로질러 건너오셨다. 함께 저녁을 먹으며 새
로 칠한 지붕 색깔에 대해 얘기했다. 연푸른 벼가 넘실대는 들
판 너머 붓으로 콕 찍어둔 듯한 빨간 지붕이 얼마나 예쁜지.
그 옆으로 부채처럼 활짝 펼쳐진 솔숲은 또 얼마나 그림 같
은지. 정작 집의 주인은 감상할 일이 별로 없고 건너편에 있는
나만 자주 감탄하는 그 풍경을 내 것인 양 소개하며 잔을 채
워드렸다. 아저씨는 방금까지 자신이 있다가 온 풍경을 물끄
러미 건너다보고, 조카들은 물을 채운 논에서 개구리를 잡아
보겠다고 첨벙이고. 뒷산에선 소쩍새 소리가 들려오는 밤. 떠
들썩한 하루가 지나간다.

이튿날 여느 때처럼 차 트렁크에 오이와 방울토마토, 텃밭에서 뽑은 상추를 가득 싣고서 집으로 돌아왔다. 며칠 뒤 인숙 씨가 사진 한 장을 보내왔다. 노란 바구니 속에 고사리를 수북이 쌓아둔 사진이었다. "고사리 수확했음." 그새 이만큼이나 다시 돋아났구나. 답장으로 나도 오늘 찍은 사진을 보냈다. "산책하다가 버찌 주움." 벚나무가 많은 동네 산책로에는 요즘 노랗고 빨간 버찌가 구슬처럼 떨어져 있다. 시골집 마당에서 꺾어 온 작약을 물에 꽂아두었더니 그새 꽃송이를 열었단 소식도 전했다. "작약도 폈음."

문득 고사리와 버찌와 작약으로 나누는 안부가 정답게 느껴졌다. 고사리를 꺾었다고 카톡을 주시다니요. 혼자 찔레덤불 아래를 살피던 인숙 씨는 내 생각이 났을 것이다. 며칠 전에는 딸하고 같이 있었는데, 고사리 꺾다 말고 자꾸 사진을 찍고 앉았던 딸이랑. 그 모습이 떠올라 부러 고사리를 한 방향으로 모아 매무새를 다듬은 뒤 사진을 찍어 보냈는지도 모르겠다. 오늘은 혼자서도 이만큼 꺾었다고.

생각해보면 안부가 원래 그런 일이다. 생각나서 연락하는 일. 내가 가장 못하는 일이기도 하다. 인숙 씨가 전화를 걸어주로 하는 말은 "딸, 어데 외국 갔나"인데 번역하면 왜 도통 전화를 안 하냐는 소리다. "엄마가 자주 하잖아." 실제로 그렇지만 발신인과 수신인이 늘 정해져 있는 통화라면, 수신인이 반성해야 할 일이다. 두 살 터울 오빠도, 오랜 친구도 늘 먼저 전화를 걸어오는 쪽이다. 5월은 반성이 제철인 달인 걸까? 어린이날, 어버이날, 스승의날…… 어쩌다 기념일은 상자 안에서 한쪽으로 쏠린 케이크처럼 몰려 있고, 평소 안 하던 행동을 날을 잡아 하다 보면 머쓱함 때문인지 관계에 대해 생각하게 된다.

혼자 있길 좋아하고 좀체 먼저 연락하는 법 없는 사람이 마흔 무렵 이르러 처하는 문제 중 하나는…… 친구가 없어진다는 것이다. 내 얘기다. 서운해서 떠날 사람은 다 떠난 것 같다. 나라고 관심이 없고 보고 싶지 않은 건 아닌데 연락의 주기가 긴 편일 뿐. 그러지 말아야지, 생각이 나거든 행동도 해야지, 마음먹은 건 근래의 일이다. 인숙 씨 방식으로 안부를 한번 물어보자고. 〈아침마당〉을 보다가, 오이꽃이 핀 걸 보다가 생각나면 연락하는 인숙 씨와 달리, 나는 누군가 생각나면 그 생각을 안고 가만히 고여 있는 쪽이다.

그러니 다짐은 간단했다. '무언가'를 보고 '누군가'가 생각난다면 바로 연락하기. 망설임이 자랄 틈 없이 메시지를 보내는 것이다. 같이 와본 적 있는 가게를 지날 때 사진을 찍어 보내고("여기 진짜 맛있었지"), 5년 일기장을 쓰다가 작년 오늘 함께 있었단 소식을 전하고("우리 같이 개천 산책했던 날이야") 지인이 올린 인스타그램 스토리에 비슷한 사진으로 답한다("우리 동네도 새끼오리 태어났는데!"). 퇴사한 후로 계절에 한 번씩은 보고 살자고 이름 지은 '제철 모임' 멤버들에게도 연락한다("같이 가고 싶은 맥줏집 찾았음!"). 5월의 밤엔 가로수와 가로수 사이로 손잡듯이 불 밝히고 있는 연등을 자주 마주치게 되고, 그럼 이 풍경을 좋아하는 친구가 생각나 사진을 보낸다. 그건 꼭 들판 이편에 서서 저편의 이웃을 부르는 소리 같기도 하다.

"어어이! 어어이!"

안 하던 일을 하기가 어려울 땐 작게 해본다. 그중 가장 쉬운 안부의 규칙은 '이름으로 된 간판을 발견하면 연락하기'다. 싱겁기로는 국내 최고인, 저염식 안부라 할 수 있다. 지혜 세탁소, 태광 약국, 연우 빌라 사진과 함께 전송되는 싱거운 안부. 그 사진 안에 괄호를 열고 들어가 혼자 괄호 닫고 앉아 있는 내성적인 속마음은 '생각나서 연락했다'는 말.

제대로 할 게 아니면 아예 안 할 거라 마음먹는 것보다야 가볍게라도 하는 게 낫다. 무엇보다 '제대로 된 안부'라는 게 있나? 안부는 짧아도 가벼워도 먼저 건네면 무조건 좋은 것이다. 더 이상 같은 회사에 다니지 않고, 함께 듣던 수업은 진작 끝났고, 갈림길에서 헤어진 우리 삶이 점점 멀어지고 있지만 여전히 당신을 떠올리고 있다는 말. 내 삶에 네 자리가 있다고 얘기해주는 일.

간판으로 안부 묻기는 그저 혼자만의 규칙을 만들고 싶어 시작한 일이었는데, 이제 나는 길거리의 간판을 유심히 살펴보다 자주 반가워지는 사람이 되었다.

"이게 어딘데요? ㅋㅋㅋㅋ"
"내 생각 자주 하네?"

시간차를 두고 도착하는 답장들엔, 직접 보지 못했어도 웃음이 묻어 있단 게 느껴진다. 어떤 안부는 조만간 만나자는 약속으로 이어지고, 또 어떤 안부는 서로의 무사함을 확인하고 끝나기도 한다. 그거면 됐다. 안부安否란 정말 별게 아니니까. 편안한지(安) 아닌지(否) 묻는 일.

그렇게 툭, 고사리 사진 한 장으로, 가게 간판 사진으로 묻는다. 무탈한가요. 그러길 바라는 마음을 방금 그쪽으로 보냈어요. 잘 받아요!

작은 안부가 자라 마음을 가득 채우는 소만.

아무렴, 안부를 묻기에 좋은 계절이다.

소만 무렵의 제철 숙제

☑ 무언가를 보고 누군가 생각난다면 싱거운 안부 전해보기

☑ 효도가 제철, 이맘때 하면 좋은 일을 찾아 가족들과 시간 보내기

☑ 여름을 부르는 개구리 소리, 소쩍새 소리 주변에서 채집해보기

망종

芒　種

까끄라기 망　씨앗 종

6월 5일 무렵

까끄라기 곡식인 보리를 베고
모를 심는 시기

장마가 오기 전에 해야 하는 일들

망종엔 무얼 하든 바깥이 제철

'초여름'은 이름부터 싱그럽다.

창문을 다 열고 지내도 좋은 계절. 바람이 불 때마다 나뭇잎이 흔들리며 내는 소리가 쏴아― 먼 파도 소리처럼 밀려오고, 놀이터에서 뛰노는 아이들의 웃음소리가 그 위로 겹친다. 해 질 무렵 오렌지빛 노을을 반사해내며 건너편 아파트의 창들이 하나둘 반짝이고 저녁의 냄새가 바람결에 실려 오면 나는 참을 수 없어서 맥주를 한 캔 꺼내거나 운동화를 신는다. 아, 다시 여름이 왔구나.

덥지도 춥지도 않은 날씨는 무엇이든 해보라고 격려해주

는 손길 같다. 눈부시게 자라난 올해의 신록과 활동량이 부쩍 늘어난 사람들 틈에서 나 역시 1년 중 가장 씩씩해져서 이맘때를 보낸다. 바깥으로 나갔다가 돌아올 적마다, 책의 귀퉁이를 접듯이 오늘 같은 날은 접어두고 싶다고 생각할 때가 많다. 1년을 담은 책이 있다면 아마 초여름 부분은 접힌 페이지가 가장 많아서 책의 오른쪽 모서리가 불룩해졌을 것이다.

어제는 수선 맡긴 옷을 찾으러 가려고 길을 나섰다가 담벼락 아래로 넘어온 장미 덤불 아래 한참 서 있었다. 길게 뻗어 나온 가지가 꽃송이를 매달고 늘어져 있어서 그 아래 서면 꼭 장미꽃 다발을 커다란 모자처럼 쓰고 있는 기분이 든다. 손톱만 했던 봄의 나뭇잎들은 이제 손바닥을 활짝 펼친 것처럼 다 자라서 바닥에 동글동글한 햇빛 그림자를 만들어낸다. 바닥에 떨어진 것을 줍듯 그 장면을 영상으로 담아두는 것도 이 계절을 건너는 기쁨 중 하나. 남의 집 담벼락 꽃그늘 아래 쉬었다 가는 일, 햇빛 그림자인 볕뉘나 수면 위로 반짝이는 윤슬을 꼬박꼬박 찍어두는 일. 이 무렵엔 나도 모르게 멈춰 섰다 가는 계절의 정거장이 여럿이어서 좋다.
장미의 계절이 저물면 내가 좋아하는 산수국의 계절이

시작되겠지. 나비 예닐곱 마리를 곁에 앉힌 듯한 모습으로 피는 산수국은 수국과는 또 다른 매력이 있다. 매화와 목련으로 시작해 벚꽃과 라일락, 등나무꽃을 지나 '입하얀꽃'들 뒤로 이어지는 장미와 수국, 능소화의 계절. 꽃이 피는 차례를 징검다리처럼 밟으며 계절을 건너기만 해도 제철 기쁨의 목록은 빼곡해질 것이다.

골목을 지나 개천 산책로로 접어들면 토끼풀꽃이 지천이다. 이맘때 연례행사처럼 돌아오는 동네 경사도 있다. 어김없이 새끼 오리들이 태어나는 것이다. 매년 보면서도 사람들은 귀여워 어쩔 줄 모르겠다는 표정으로 물장구치는 새끼 오리들을 구경하고 사진을 찍는다. 작년 이맘때 폭우로 개천이 범람했을 때 동네 사람들이 가장 걱정한 것도 아마 새끼 오리들이었을 것이다. 못 본 새 사람들 키를 훌쩍 넘어서버린 천변의 수풀, 바람에 실려 오는 찔레꽃 향기, 바닥에 떨어져 뭉개진 버찌의 얼룩, 비 그친 하늘에 부풀어 오르는 뭉게구름…… 망종의 풍경을 이루는 것들이다.

소만 뒤에 오는 망종芒種은 까끄라기(벼, 보리, 밀 따위의 수염) 망芒 자에 씨앗 종種 자로 이루어져 있다. 이름 그대로 수

염이 있는 밀과 보리 같은 곡식을 거두고, 벼를 심기 좋은 때라는 뜻. 모내기를 일찍 마친 시골집에선 이제 밭이랑에 번진 명아주, 질경이 같은 억센 풀들을 뽑고, 들깨 모종 심을 준비를 하고 있을 것이다. "별 보고 나가 별 보고 들어온다"는 농번기니까. 매화가 진 자리에선 새파란 매실이 단단하게 익어갈 무렵이고, 곧 있으면 햇감자를 캘 시기가 다가오겠지. 그러고 나면 장마가 시작된다.

농부에 비하면 한량 같은 소리지만, 나도 망종 전후로 부쩍 바빠진다. 장마가 오기 전에 부지런히 챙겨야 할 게 있기 때문이다. 바로 뭐든 바깥에서 하기. 친구와의 약속도, 일로 만나는 미팅도, 저녁 식사도, 주말의 할 일도 웬만하면 바깥을 누릴 수 있나 살핀다. 날씨와 계절에 진심인 사람에게 장마는 명확한 절취선이다. 대한민국의 여름을 모기가 있는 시기와 없는 시기로 나누는. 장마철 군데군데 생기는 물웅덩이는 장구벌레들의 서식지가 되고……(이하 생략).

습도 역시 마찬가지다. 잘 마른 볕에 시원한 바람이 부는 쾌적한 계절에서, 뜨거운 볕에 습한 바람이 부는 꿉꿉한 계절로 넘어가는 고개가 바로 장마다. 무더위가 '물더위'에서 'ㄹ'

끝소리가 탈락한 말이란 걸 아는지. 습도와 온도가 높아 찌는 듯 견디기 어려운 더위를 무더위라 부른다. 짝을 이루는 '불더위'는 불볕더위. 그러니까 몹시 더운데 '찜통' 안에 갇힌 것 같은 날은 무더위, '불가마' 속에 갇힌 것 같은 날은 불볕더위란 소리다.

하느님이 보우하사 습도 낮고 모기 없는 망종 무렵엔 무얼 해야 할까? 부지런히 바깥을 즐겨두면 된다. 할 일이라곤 그게 전부다. 실내에 있기보다 이왕이면 바깥을 누리기. 이 시기가 금방 끝난다는 걸 아는 사람의 도리를 다하는 것이다. 산책하기, 자전거 타기, 카페테라스 앉기 등 혼자 할 수 있는 것은 혼자서 하고 함께하면 더 즐거운 것은 함께한다. "이번 주에 야장 가자" "주말에 캠핑 가자" 말하면 처음엔 시큰둥한 반응들이다. 그럴 땐 불안 마케팅을 한다.

"모기떼가 창궐하기 전에 야장 가야 돼."

"습도 98퍼센트의 여름이 오고 있어. 꿉꿉해지기 전에 움직여야 돼."

그러면 다들 맞네! 중얼거리며 주섬주섬 따라나선다.

바람이 시원해지고 사람들의 옷이 얇아지면 가게마다 야외 테이블을 펼쳐놓기 시작한다. 빨간색, 파란색 플라스틱 테이블을 탁탁 펼쳐서 바닥에 내려놓는 소리는 초여름이 왔음을 알리는 소리. 누군가에게 초여름은 반바지로 시작되고, 누군가에게는 팔꿈치를 타고 흐르는 복숭아 과즙으로 시작되겠지만 나에게는 야외 테이블에 앉는 저녁으로 시작된다. 망종 무렵은 마음에 쏙 드는 풍경을 가진 야외 테이블을 찾아 이곳저곳을 기웃거리는 계절. 이런 중요한 때에 (다른 계절에 앉아도 충분한) 실내에서 맥주를 마실 수야 없지.

유난스러워 보일까 봐 비밀로 하려고 했는데, 실은 5월에 접어들며 카페와 식당과 술집 등에서 폴딩 도어를 활짝 열고 바깥에 테이블을 내놓기 시작하면 틈틈이 조사에 들어간다. 올해 장마가 오기 전에 어디 어디에 꼭 들르고 싶은지. 오, 이 집은 근사한 느티나무 그늘이 있네. 저긴 2층 발코니 자리가 한갓진 게 좋아 보여. 아, 여긴 음악이 최신 가요 TOP100만 아니면 다 좋은데…… 진지하기론 자리 평론가가 따로 없다.

겨울에 창문을 닫아두고 있을 땐 감흥 없이 지나치던 가게들이 푸르른 나무 그늘 아래 멋진 야외 테이블을 가지고 있어 놀라기도 한다. 에어컨을 트는 계절이 오면 이제 저 창문들은 일제히 닫히고, 바깥 자리는 모기들한테나 맛집이 되겠지. 그러니 지도 앱에 핀을 꽂아두고, 친구들을 유인할 답사 사진을 남겨두고, 날씨 앱에서 길일을 살핀다. 부지런한 자만이 제철 행복을 얻는 법.

얼마 전엔 개천 옆 먹자골목에 바깥 자리를 찜해둔 뒤 퇴근하는 강을 그리로 유인하는 데 성공했다. 저녁만 가볍게 먹고 가려고 했지만(시작은 늘 가벼운 편) 물론 그렇게 되지 않았다. 청계천이 내려다보이는 옥상에서 낮술을 마신 날도 있고, 생맥주를 직접 따라 마시면 1,500원 할인해주는 을지로 '수표교호프'에서 야장도 즐겼다. 먹고 마시는 일에만 해당하는 건 아니다. 집에서 소파에 누워 있다가도 누구 한 명이 "산책?" 하면 거절 없이 일어난다. 귀찮음을 무릅쓰고 나가보면 반드시 좋은 계절이니까. 1년 중 가장 부지런하게 '바깥양반'이 되어 움직이는 망종.

계절마다 좋아하는 것에 마음을 쏟으며 사는 일이 좋다. 기쁘게 몰두하는 일을 어쩌면 '마음을 쏟다'라고 표현하게 된 것일까. 여기까지 무사히 잘 담아온 마음을 한군데다 와르르 쏟아붓는 시간 같다. 그렇다면 내게 초여름은 '바깥'에 마음을 쏟고 지내는 계절. 좋아하는 바깥은 어떻게든 시간을 내어 즐기고 그게 곧 잘 사는 일이라고 믿으며 지낸다.

　주말엔 무주산골영화제에 다녀왔다. 잔디밭 위에 돗자리를 깔고 누워서 밤늦도록 야외 상영 해주는 영화를 볼 수 있는 곳. 6월에 무주에 가는 건 강과 내가 손꼽아 기다리는 연례행사 중 하나다. 제철 행복을 미리 심어두어서 좋은 점 중 하나는 그날이 오기까지 틈틈이 설렐 수 있다는 것. 앞일은 대체로 모르는 것투성이지만 6월에 일어날 좋은 일 하나는 알지, 그 사실이 고단한 일상을 건너는 힘이 되어준다. 무엇보다 스스로를 좋은 순간에, 좋은 풍경에 데려가는 건 일부러 시간을 '내서' 해야 하는 일이기도 하고.
　무주는 어딜 가도 산의 능선이 그림처럼 펼쳐지고, 품이 너른 나무 그늘이 있어 좋다. 그중에서도 가장 근사한 그늘은 운동장을 빙 둘러 심은 240여 그루의 등나무가 얽혀서 만들어내는 그늘. 오래전 고 정기용 건축가의 다큐멘터리 〈말하는 건축가〉를 보고 처음 반했던 이곳에 해마다 올 수 있어 기쁘다. 등나무에게 기댈 '집'을 지어준 건축가는 이제 세상에 없지만, 5월이면 연보랏빛 꽃그늘이, 6월이면 시원한 나무 그늘이 사람들을 불러 모은다.

무엇보다 무주는 딱 지금이어야 하는 초여름의 제철 낭만을 가르쳐준다. 등나무 푸른 잎이 넘실대는 운동장에 앉아 영화도 보고 맥주도 마시고 낮잠도 잤다. 이튿날 밤에는 산 중턱에 위치한 덕유대 야영장에서 새벽까지 연속 상영해주는 영화를 보았다. 뒷사람을 배려하면 눕는 게 최선인 자린데, 산비탈 잔디에 누워 있다 보면 기울기 때문에 조금씩 아래로 미끄러져 내리기 시작한다. 모두가 비탈에 떨어진 매실처럼 앉거나 누워 자세를 고쳐 잡으며 영화를 보는 여름밤, 내가 제일 좋아하는 순간 중 하나. 스크린 속에선 여름의 거대한 뭉게구름이 흘러가고 고개를 들면 스크린 너머 진짜 밤하늘에도 구름이 흘러가고, 별이 뜨고 더러 반딧불이 날고……

영화제 마지막 날, 해 질 무렵 메인 무대에 오른 뮤지션이 운동장을 둘러싼 산자락을 바라보며 말했다. 이렇게 근사한 풍경을 보며 노래할 수 있는 날은 1년 중 손에 꼽는다고. 그렇다면 그에게도 이 순간이 제철 행복이려나.

"여러분 자리에선 지금 노을이 보이겠네요! 저도 내려가서 보고 싶은 심정이에요."

서쪽 하늘을 등진 채로 다음 곡을 시작하면서 그가 약속을 받아내듯이 덧붙였다. 노을은 정말 잠깐이라, 이 곡이

끝나면 더 이상 지금의 풍경이 아닐 테니 노래를 듣는 동안 충분히 즐겨달라고. 기타 소리로 시작한 노래가 끝날 때쯤 과연 노을은 사라지고 어둑해진 밤하늘에 샛별이 떴다. 노래 한 곡은 그런 시간이기도 하구나. 노을이 점점 짙어지다 사라지는 시간. 여름을 지나는 동안 노을 아래 설 때면, 노래 한 곡의 시간만큼은 꼭 멈춰 있어야겠다는 다짐을 하게 된 순간이었다.

6월에 들어서면서 부지런히도 나다녔지만, 아직도 가고 싶은 곳이 많다. 커다란 느티나무 그늘이 멋스러운 담양 관방제림에 가서 평상에 앉아 비빔국수도 먹고 싶고, 나의 낮맥 아지트인 서순라길 '서울집시'에도 가야 하고, 제철 모임 친구들이랑 한강공원에도 가서 눕기로 했는데…… 다 해보기도 전에 장마가 시작되겠지.

그렇다 해도 낙담할 필요는 없다. 다 가보지 못하고, 다 해보지 못하더라도 괜찮다. 내게 알맞은 행복을 찾는 일은 다른 게 아니라 내 마음이 바라는 것을 귀담아듣는 데서부터 시작하니까. '이런 걸 보니 좋네, 여기 있으니 마음이 편하네, 이걸 먹으니 행복하네' 내가 언제 그렇게 느끼는지를 알아채

고, '이런 걸 보고 싶다, 이런 데 가고 싶다, 이런 길 먹고 싶다'
내가 바라는 것들을 알아줄 때. 그 목록만으로 우리는 살아
갈 힘을 얻는다. 내가 내 마음을 알아주는 것만 한 위로가 없
기 때문이다.

그러니 망종엔 우리 모두 바깥 인간이 되자. 밖으로 나가
초여름을 누리자. 잠시여서 아름다운 계절을 즐기며 스스로
를 웃게 해주는 일이야말로 변치 않는 제철 숙제니까.

망종 무렵의 제철 숙제

☑ 바깥을 즐기기 좋은 장소를 알아두고 가까운 이들과 약속 정해보기

☑ 살구, 자두, 앵두처럼 장마 전에 먹어야 더 다디단 과일 찾아 먹기

☑ 지역 축제, 영화제, 음악 페스티벌 일정에 맞춰 제철 행복 계획해보기

하지

夏至

여름 이를
하 지

6월 21일 무렵

여름에 이르러
낮이 가장 길어지는 날

해가 지지 않고 우리는 지치지 않고

하지엔 햇감자에 맥주가 제철

'여름에 이르는' 하지夏至는 1년 중 낮이 가장 긴 날이다. 동지부터 점점 길어지기 시작한 해가 마침내 정점에 이르러 낮 시간이 자그마치 열네 시간 35분이나 되는 날. 잠자는 시간을 빼면 깨어 있는 시간 대부분을 해와 함께하는 셈이다. 북극권에 속한 나라에서는 하루 종일 해가 지지 않는 백야 현상이 나타나기도 한다.

낮이 길고 해가 높이 뜬 만큼 북반구의 땅이 가장 많은 태양열을 받는 것도 이때다. 하지 이후부터는 지구에 쌓인 복사열로 기온이 크게 올라가고 몹시 더워진다. 본격적인 여름

더위가 시작되는 것이다. 그러나 더위를 탓하며 투덜대는 것은 세상을 반만 보는 일. 감자와 양파 같은 채소들은 하지 무렵의 땅 아래서 단단히 여물어간다. 조금 있으면 쏟아져 나올 색색의 여름철 과일도, 가을까지 햇볕을 제 안에 차곡차곡 저장하며 영글어가는 벼와 사과와 배도 모두 더위가 키워내는 것들. 이렇게 연결된 실을 따라가다 보면, 결국은 더위가 나를 살리고 있기도 하다는 걸 알게 된다.

이맘때 농부의 딸로서 해야 하는 1차 숙제는 수확이다. 하지 무렵은 지난가을에 심어 겨울을 나게 한 마늘과 양파를 캐는 때이자, 봄에 심은 감자를 수확하는 때. 3월경 심은 햇감자는 하지 무렵 수확한다 해서 '하지 감자'라고도 불린다. 씨감자 형태로 흙 속에 심은 지 고작 100일 만에 수확하는 것을 생각하면, 감자가 왜 보릿고개를 넘게 해준 식량인지 이해된다. 가을걷이한 곡식을 겨우내 아껴 먹다가 더 이상 버터넬 식량이 없어 배를 곯던 시절, 빨리 자라 배를 채워주던 감자는 얼마나 귀하고 고마운 작물이었을까. 거친(荒) 시기에 구하러(救) 와준 구황작물救荒作物답다.

하지 숙제를 하러 시골집에 갔다. 감자 캐기라니 재밌겠다고 따라나선 강과 함께였다. 토요일 저녁 인숙 씨는 인심 좋은 주인처럼 고기를 배불리 먹였고 감자밭이 쪼끄매서 일할 것도 별로 없다고 우리를 안심시켰다. "밭도 작은데 뭐~ 5시부터 하믄 돼."

이튿날 새벽, 주인집의 부름에 깨어난 우리는 졸린 눈으로 주섬주섬 작업복을 입었다. 밭으로 가는 길에 강이 귓속말을 했다. "……감자를 새벽 5시에 캐야 하는 줄은 몰랐어." 인숙 씨가 말한 5시가 오후 5시인 줄 알았던 강은 동도 트지 않은 어스름한 시각에 밭으로 끌려(?)간다는 게 믿기지 않는다는 얼굴이다. 여름의 농부들은 볕이 뜨거워지기 전에 힘든 일을 끝내놓기 위해 새벽부터 밭일을 서두르는데, 미리 좀 말해줄 걸 그랬나.

감자밭엔 흰 꽃이 지고 난 뒤 짙푸른 줄기들이 기세 좋게 자라 있었다. 줄기를 뽑아내고 검은 비닐을 모조리 걷자 맨숭맨숭한 흙이 드러났다. 밭고랑을 하나씩 차지하고 앉아서 본격적으로 감자를 캐기 시작했다. 호미가 살살 지나간 자리로 감자가 빼꼼 모습을 드러낼 때마다 반가움에 잠이 달아났다. 농사일은 파종보다 수확이 즐겁기 마련. 인숙 씨가 매번 감자를 황금 캐듯이 귀하게 여기는 것도 이해가 됐다.

나란히 진도를 나가는 세 사람의 모습도 제각각이었다. 강은 어떤 각도로 호미질을 해야 감자에 홈집을 내지 않으면서도 빠뜨리는 것 하나 없이 땅속을 훑을 수 있는지 최적의 방법을 연구하고 앉았고, 나는 흙투성이 얼굴로 나타난 청개구리를 밭둑으로 옮겨주느라 미적댔다. 와중에 인숙 씨는 주먹만 한 감자가 나타날 때마다 음표를 단 말투로 "고~맙습니다~" 누군가를 향해 인사를 하고, 호미 끝으로 감자를 찍을 적마다 "아이고 우짜나 우쩨, 미안 미안!" 정체 모를 사과를 하느라 바빴다. 대지의 신과 감자의 신에게 하는 말이었으려나.

흙을 뒤엎는 자리마다 감자가 쏟아지니 인숙 씨는 연신 싱글벙글이다. 3월에 심은 씨감자 상태가 그리 좋지 않아 별기대를 하지 않았단다. 감자가 풍년인 건 축하할 일이지만, 양이 많으니 수확 속도는 더디고 해는 점점 뜨거워졌다. 하필 감자밭이 길옆이라 온 동네 사람들이 오토바이 타고 가다, 트랙터 몰고 가다 멈춰 서서 한마디씩 거들었다.

"아따, 이 집 감자 잘됐다."

"아이고야, 서울 사위 다 타네."

묵묵히 감자를 캐던 강이 또 귓속말을 했다. "……한 시간이면 다 캔다더니 순 거짓말이었어." 다행히 해가 머리 꼭대기에 오기 전에 수확을 마쳤다. 허리를 두드리며 뒤돌아본 밭에는 동글동글한 감자들이 일광욕하듯 누워 있었다.

하지는 감자의 환갑날이기도 하다. 예로부터 하지가 지나면 감자알이 더 이상 굵어지지 않고 줄기가 시들며 보리 또한 마른다 해서 선조들은 이를 두고 '감자 환갑' '보리 환갑'이라 불렀다. 사람 나이로 치면 환갑을 지나는 셈이니 때를 넘기지 말고 수확해야 함을 가리키는 말이었다.

하짓날 감자를 캐면 뭐라도 해 먹어야 풍작이 든다고 믿었기에 전을 부치거나 감자를 넣은 밥이라도 지어 먹었다. 철 따라 새로(新) 난 과실이나 곡식을 집안의 신에게 가장 먼저 올리고(薦) 나눠 먹던 천신薦新 풍습 중에서도 '감자 천신'인 셈이다. 햇감자를 먹는 일이 풍작을 기원하는 일종의 의식이란 걸 떠올리면, 마땅히 해야 할 다음 숙제를 찾아낸 기분.

1년 중 가장 맛있는 하지 감자, 그것도 갓 캐낸 감자로 감자밥도 짓고, 불판에 올려 고기와 함께 구워도 먹었다. 사시사철 감자를 먹을 수 있는 시대지만 뽀얗게 분이 나는 햇감자의 '리즈 시절'을 놓쳐선 안 된다. 환갑을 맞은 보리 맥주도 몇 캔 땄다. 맛있게 먹고 싶어서가 아니다. 엄연히 풍작을 기원하는 진지한 의식 중이다. 지난주에 먼저 수확했다는 마늘과 양파도 불판에 올랐다. 태양의 기운을 머금고 영근 햇감자, 햇마늘, 햇양파로 한결 풍요로워진 하지 밥상. 여태 속기만 한 일꾼 강도 이제야 좀 만족스러운 표정이다.

부른 배를 두드리며 평상에 누워 있는데, H가 방금 지하철에서 기관사님이 소개하는 하지 얘기를 들었다며 단톡방에 51초짜리 녹음 파일을 보내왔다. 자글자글한 잡음 사이로 부사를 길게 늘이는 말투의 주인공이 이렇게 말했다.

"하지에는 1년 중 해가 가자~~~앙 높게 뜨고 또 낮이 제이~~~일 길어지는데요. 하지에 대해서는 잘 모르시더라도 이런 얘기는 들어보셨을 겁니다. '하지에 수확한 감자가 제일 맛있다.' 이번에 맞이하는 하지 그리고 오는 주말에는 가족과 함께 둘러앉아 포슬포슬한 햇감자 한번 맛보시면 어떨까 싶습니다. 오늘은 올해 중 가자~~~앙 뜨거운 날씨가 될 거 같다고 합니다. 건강한 휴식도 잊지 마시고 남은 하루도 최~고로! 행복하게 보내시길 바랍니다. 고맙습니다."

조만간 친구들을 만나 하지 감자에 보리 맥주를 마셔야지. 감자 수확 얘기를 무용담처럼 늘어놓으면서. 감자 환갑, 보리 환갑이 뭔지도 알려주면서. 할머니 같은 소리 좀 그만하라며 친구들은 웃겠지. 사라져가는 이야기를 전달하는 것이 할머니의 역할이라면 나는 이미 할머니인지도 모르겠다. '옛날에는'으로 시작되는 얘기를 많이 알고 있는 사람, 긴 시간을 보기에 지금을 살 줄 아는 사람. 언제까지라도 그런 사람이고 싶다.

　하지 무렵 우리가 자주 나누는 말 중 하나는 "아직도 환하네!"라는 말. 그 말을 할 때의 표정들도 대체로 환하다. 긴긴낮을, 좀처럼 지지 않는 해를 선물 받기라도 한 것처럼. 6시에 퇴근해도 한밤중처럼 캄캄한 겨울을 떠올리면 선물이 아닐 수가 없다. 여름의 매력은 역시 저녁에 만나도 낮술 기분이 난다는 데 있지. 맥주의 제철은 사계절이지만 그럼에도 한 절기를 꼽아야 한다면 역시 하지고. 그런 생각을 두서없이 하고 있으면, 누군가 꼭 이렇게 덧붙인다. "근데 그거 알지? 이러다 금방 어두워진다." 지지 않는 해를 등불처럼 하늘에 걸어두고 이런저런 얘기를 나누다 보면 어느 순간 어둑해진 서로의 얼굴을 보게 된다. 일몰을 지켜보기로 해놓고선 놓치기 일쑤. 언제 이렇게 어두워졌지?

시간이 빨리 간다고 느껴지는 건 행복한 일을 하고 있을 때라 하던가. 그건 하지의 우리가 즐거운 시간을 보내고 있다는 뜻이리라. 만나면 반가운 친구들과 나누는 여름날의 청량한 대화, 시간이 흐르는 게 아쉬워서 테이블 위에 자꾸 늘어가는 빈 잔과 빈 접시……. 해 넘어가는 줄도 모르고 노는 일이 다 큰 어른에게도 필요하다.

하지를 지나면 낮의 길이는 매일 1분 남짓 짧아지기 시작한다. 내일로 미루지 말고 오늘 딱 1분씩만 더 즐겁게 보내라는 것처럼. 겨울의 긴긴밤에 모여 앉아 나눌 추억을, 여름의 긴긴낮에 만들어두라는 말처럼. 그러니까 하지엔 역시 노는 게 남는 거다. 무엇이? 그야 추억이!

하지 무렵의 제철 숙제

☑ 제철을 맞은 하지 감자를 다양한 요리로 즐겨보기

☑ 보리 맥주를 함께 마실 친구들과 하짓날 약속 정하기

☑ 1년 중 가장 긴 낮을 기념하며 두고두고 얘기할 추억 남기기

소서

小 暑

작을 소 더울 서

7월 7일 무렵

작은 더위 속에
장마가 찾아오는 때

비가 오면 달려가고 싶은 곳이 있나요

소서엔 '비멍'이 제철

학창 시절 한 반에 같은 이름을 가진 두 명이 있으면 대체로 키를 견주어 나눠 부르곤 했다. 작은 신지, 큰 신지. 지금 생각하면 참 부르는 사람만 편하려고 고민도 없이 그랬구나 싶지만, 소서와 대서 앞에선 어쩐지 그때로 돌아가게 된다. 작은 더위 소서小暑 뒤에 오는 큰 더위 대서大暑. 소서야, 부르면 비 내리는 운동장을 바라보기 좋아하는 안경 쓴 친구가 나를 돌아보는 것 같고, 대서야, 부르면 가방을 비뚤게 메고 우리 야자 째자, 말하는 결단력 있는 친구가 뜨거운 손으로 팔을 붙잡는 것 같다. 오늘은 그중 소서 이야기.

소서는 내가 태어난 절기이기도 하다. 최근 강과 나는 이런 대화를 만담처럼 나누는 데 빠져 있다. 너 어느 절기생이야? 나 소서! 작은 더위의 계절에 태어났어. 너는? 난 빠른 경칩. 일찍 나온 개구리라고 할 수 있지. 책을 쓰는 동안 친구들에게 틈틈이 어느 절기생인지 알려주기도 했다. 곡우생이네, 풍요의 비가 내릴 때 태어난 거야. 마치 별자리의 운명을 알려주는 점성술사처럼 태어난 계절의 꽃말을 손에 쥐고 있는 기분.

버스를 타고 지나치는 정류장 곳곳에 담벼락을 타고 오르는 능소화가 보일 무렵이면 소서. 산책로에는 피고 지길 반복하며 100일 동안 붉은 꽃을 보여주는 백일홍 나무도 꽃송이를 열고 있다. 오래도록 피는 능소화와 백일홍은 우리와 함께 여름을 나는 꽃. 그래서 기념사진 속에 찍힌 행인처럼 여름날의 추억 속에 종종 배경으로 등장하기도 한다. 올해 첫 능소화를 목격한 지 얼마 지나지 않아 긴 장마가 시작된다. 시골에 있는 부모님은 장대비가 내리는 날이면 논둑 밭둑을 정비하느라 장화를 신고 집을 나설 것이다. 제주에 사는 친구는 그치지 않는 빗소리를 들으며 종일 제습기를 돌리고 있겠지. 소서와 대서 사이, 장마가 만들어내는 풍경 아래서 저마다 다르게 비를 만난다.

얼마 전에는 중고 거래를 할 일이 있었는데 거래 당일, 판매자인 아주머니가 뜬금없이 자신이 지금 절에 있다며 위치를 알려왔다. 다행히 내가 있는 곳에서 멀지 않은 절이었다. 비가 부슬부슬 내리는 오후, '무슨 중고 거래를 절에서 해'라는 표정의 강을 데리고 절에 갔다. 주차장에서 우산을 쓴 채로 접선해 한층 비밀스러운 거래를 마치고 나니 그냥 돌아가긴 아쉬워 우중 산책을 나섰다.

산 중턱에 위치한 절 입구까지는 세월이 오랜 소나무와 참나무가 늘어서 있었다. 비에 젖은 숲에서는 흙냄새와 나무 냄새가 짙게 났다. 숨을 깊이 들이마시면 폐의 공기주머니 하나하나에 싱그러운 향이 들어차는 느낌. 비 오는 날 오길 잘했네, 생각하며 투명 우산을 쓰고 걸었다. 아치형 돌다리에 쪼그려 앉아 비단잉어가 노니는 호수도 들여다보고, 절 뒤편의 산자락을 휘감고 피어오르는 안개도 바라보고.

한참 걷다가 경내 처마 아래로 들어서자, 절에서 돌보는 백구 한 마리가 의젓한 뒷모습으로 앉아 '비멍'을 하고 있었다. 그 곁에서 툇마루에 좀 떨어져 앉아 우리도 비멍을 했다. 내리는 비를 바라보다 가끔씩 귀를 쫑긋하는 백구는 지금 무슨 생각을 하고 있으려나.

어느 비 내리는 아침 SNS를 열었다가 누군가 '수제비 날씨'라고 올린 것을 본 적 있다. 멸치 국물 진하게 내서 애호박과 감자를 썰어 넣고 손으로 뚝뚝 떼어낸 반죽을 퐁당퐁당 담가 만든, 뜨끈한 수제비 한 그릇이 떠오르는 표현이었다. 아침 메뉴도 정할 겸 강이랑 오늘 날씨가 어떤 음식 감성인지 돌아가며 얘기했던 것이 떠올라, 내리는 비를 보며 음식으로 날씨 표현하기 놀이를 시작했다. 이건 감자전 날씨지. 감자전 받고, 감자옹심이 날씨. 음, 청양고추 송송 썰어 넣은 김치전 날씨. 들깨칼국수 날씨. 막걸리에 메밀전병 날씨지! 그렇게 말하다 보면 비가 내리는 게 마치 어떤 음식을 위한 완벽한 준비인 것만 같다. 이런 날의 숙제야 물론 산을 내려가서 얼른 그걸 먹는 일. 비 내리는 날에 몸과 맘이 쉽게 축축해지는 사람도 '오늘 ○○을 위한 완벽한 날씨네'라고 생각한다면 조금은 기분 전환이 되지 않을까. 비를 멎게 할 순 없어도 언제든 좋아하는 걸 먹게 할 수 있다는 다행.

더 얘기할 메뉴는 바닥나버리고 바람결에 실려 오는 향 냄새를 맡으며 개구리 울음소리에 귀를 기울이는 동안, 우리의 시선은 자연스레 처마 아래 만들어진 물웅덩이의 행렬에 닿았다. 말없이 빗방울이 그리는 동심원을 바라보는데, 한동안 꾹꾹 뭉쳐 있던 마음이 산안개처럼 풀려 흩어지는 게 느껴졌다. 비 오는 날엔 비 오는 것만 지켜봐도 좋아지는 게 사람의 마음이구나.

"처마 있는 집에 살면 좋겠다."
"나중에 집 짓게 되면 꼭 처마랑 툇마루 만들자."
"비 오는 날마다 이렇게 비멍도 하고."

도시와 시골에서 나고 자란 강과 나는 서울 쥐와 시골 쥐만큼 다르지만, 어려서 오래된 한옥에 살았던 경험만은 공통적으로 가지고 있다. 강은 'ㅁ' 자 모양으로 가운데 작은 마당이 있는 한옥에 살았다. 사다리를 타고 오를 수 있는 야트막한 옥상도 있어서 거기서 '고무 다라이'에 대파나 고구마 같은 걸 키우곤 했다고. 나는 툇마루가 작은 방과 안방을 지나 할아버지가 있는 사랑방까지 이어지는 한옥에 살았다. 마루에 엎드려 누운 채로 숙제를 하다가 지겨워지면 너른 흙 마당으로 내려와 방울이를 부르곤 했지.

그러니까 우리가 집에서 '비멍' 하는 미래를 그릴 때, 그 시선 끝에는 꼭 '처마에서 떨어지는 빗방울'이 있어야 했다. 처마를 길게 내어 빗물이 외벽이나 집 안으로 들이치는 것을 막는 건 한옥에만 있는 건축 양식. 그렇다면 그 처마 아래 기왓고랑 간격만큼 일정하게 만들어진 웅덩이도 한옥에만 있는 양식이라 부를 수 있지 않을까.

처음 내게 이 빗물 웅덩이의 존재를 알려준 사람이 있다. 책《궁궐 걷는 법》을 쓴 이시우 작가다. 어느 해 여름 우리는 창덕궁을 함께 걸은 적 있다.《궁궐 걷는 법》의 서문에는 그가 창덕궁에서 빗물 웅덩이를 발견한 장면이 나온다.

저의 시선은 성정각 동쪽 담장 아래 서 있는 살구나무 주변을 맴돌다 자연스럽게 발밑으로 떨어졌습니다. 그 순간, '아!' 하는 짧은 탄성이 나왔습니다. 성정각 기와지붕을 타고 떨어지던 빗물이 만든 웅덩이들의 행렬이 눈에 들어왔기 때문입니다.

비가 내린 지 얼마 되지도 않았는데 홈이 꽤 파여 물이 찰랑거리고 있었어요. 빗방울은 연신 똑똑 소리를 내며 땅바닥으로 떨어지는 중이었고요. 동시에 웅덩이 수면에 동그랗고 작은 물결도 생겼죠.

—이시우,《궁궐 걷는 법》, 9~10쪽

해마다 궁궐을 드나들면서도 빗방울에 파여서 만들어진 작은 웅덩이를 눈여겨본 적은 없었다. 한 번 알아보기 시작하니까 계속 보였다. 처마 아래, 사람들이 무심히 지나치는 그곳에, 비 오는 날이면 다시 차오를 작디작은 호수가 조르륵조르륵 모여 있었다. 낙선재 담장 아래서 어김없이 웅덩이를 발견하고 사진을 찍고 있는 내게 그가 마지막 코스로 '비 오는 날의 명당'을 소개해주겠다고 했다.

우리가 나란히 선 곳은 서문에 나온 그 장소, 성정각에 딸려 있는 누각 '희우루' 현판 아래였다. 머리 위로 다락처럼 높게 만든 누마루가 우산이 되어주어서 비를 피해 몸을 숨기기 딱 좋은 곳이었다. 비 오는 날 이곳에 가만히 서서 비에 젖어가는 궁궐 풍경을 바라보고 있으면 더할 나위 없이 좋다는 그의 설명을 듣는 동안 참 아름다운 숙제구나, 생각했다. 다음번 비 내리는 날이 언제가 되든, 꼭 희우루 아래 서보고 싶어지는 얘기였다. 궁궐을 좋아해 근처에서 약속이 있으면 괜히 들러 나무 그늘 아래 앉아 있다 나오기도, 눈 내린 날 먼 길을 달려온 적도 있었지만, 비가 온다고 부러 찾은 적은 없었다. 비가 내리면 떠오르는 나만의 장소가 있다는 것, 그것이 하물며 고궁 안에 있다는 건 얼마나 근사한 일인지.

이제 나는 비 내리는 날이면 희우루를 떠올린다. 기쁠 희喜에 비 우雨, 가뭄 끝에 단비가 내려 기뻐한다는 뜻을 담고 있는 누각. 극심한 가뭄으로 온 백성이 고생하던 어느 해, 누각 중건 공사를 마친 날 반가운 비가 내리자 정조는 이 누각의 이름을 희우루라 짓고 그때의 마음을 글로 남겼다.

마음이란 자기만 알고 다른 사람들은 알지 못하는 것이니 마음에만 새겨둔다면 자기 혼자만 그 기쁨을 즐기게 되고, 다른 사람과 함께 기뻐하지 못하는 것이 된다. 그러므로 큰 기쁨을 마음에 새겨둔 것만으로는 부족하여 사물에다 새겨두고, 사물에다 새겨둔 것만으로는 부족하여 마침내 정자에다 이름 지었으니 기쁨을 새겨두는 뜻이 큰 것이다.

—《홍재전서弘齋全書》

어진 임금의 뜻에 비할 바는 아니지만, 비 오는 날의 명당을 알려주는 마음도, 절기마다 고심해서 제철 숙제를 건네는 마음도 여기에 있다 말해도 되려나. 내 마음에만 새겨두면 혼자서만 그 기쁨을 즐기게 되니, 함께 기뻐하고자 이렇게 글로 남겨둔다.

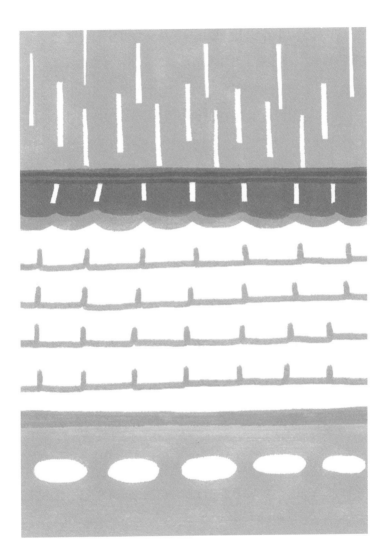

바라건대 이번 장마는 부디 무사히 지나가기를, 예년 같은 큰 피해가 없기를. 그리하여 비의 계절을 지나는 모두에게, 우중 산책을 나서서 숨어들고 싶은 장소가 하나씩 생기기를.

비 오는 날에만 잠시 열렸다 닫히는 풍경이 있다. 호수를 초록 카펫처럼 덮은 연잎 위로 빗방울이 떨어지는 모습이나 한옥 숙소의 누마루에 앉아 바라보는 산안개 같은 것들. 그 풍경을 알고 있는 사람에게 빗소리는 반가운 노크일 것이다. 창밖으로 희우, 기쁜 비가 온다.

소서 무렵의 제철 숙제

☑ 비 오는 날을 조금 더 즐겁게 만들어줄 음식 얘기해보기

☑ 비 내리는 모습을 지켜보기 좋은 나만의 '비멍당' 찾아보기

☑ 기와가 있는 곳에서 빗물 웅덩이의 행렬 찾아보기

대서

大　暑
클　더울
대　　서

7월 22일 무렵

큰 더위와 열대야가
이어지는 여름날

무더위를 식히는 여덟 가지 방법

대서엔 휴식의 자세가 제철

매미 소리가 한층 요란해질 무렵이면 대서다. 장마철 빽빽한 빗소리에 가려졌던 매미 울음소리가 창을 넘어 들어오고 열대야 예보가 시시때때로 흘러나오며 담벼락 아래로 능소화가 툭툭 떨어지는 계절. 열두 번째 절기이자 여름의 마지막 절기인 대서大暑는 큰 더위라는 이름 그대로 무더위가 절정에 이르는 때를 가리킨다. 한낮의 뙤약볕은 거대한 돋보기를 통과한 빛처럼 뜨거워 나무 벤치에서, 정류장 지붕에서 모락모락 연기가 피어올라도 이상하지 않을 것만 같다. "대서 더위에 염소 뿔도 녹는다"는 속담을 실감하게 되는 날씨다.

여름이 가장 미움을 받는 것도 아마 이 무렵일 것이다. 불볕더위와 습도는 사람을 쉬이 지치게 만들고, 다들 서늘한 계절을 그리워하며 여름이 싫다는 말을 무시로 내놓는다. 나는 여름에 귀라도 달린 것처럼 그런 말 앞에서 움찔하며 괜히 이런 하이쿠를 만지작거려본다.

얼마나 운이 좋은가
올해에도
모기에 물리다니!
―고바야시 잇사

이 짧은 문장을 이해할 만큼 여러 번의 여름을 살아낸 사람이라면, 어떤 계절도 미워하며 보내지 않겠지. 더위가 정점에 이르렀다는 건 앞으로 차차 식어갈 일만 남았다는 것. 대서 무렵이면 자전거 페달을 힘겹게 밟아 여름 언덕의 꼭대기에 오른 기분이다. 매년 겪으면서도 그 자리에 올라서야 아, 맞아, 여름이란 이런 거였지 한다. 이제 바람을 가르며 언덕을 내려갈 일만 남았고 그 아래엔 마중 나온 가을이 기다리고 있을 것이다. 그 생각을 하면 이 언덕 위에서만 볼 수 있는 풍경, 여름 안에만 있는 것들을 자꾸 돌아보게 된다. 더위에 지치는 것도 여름이어서 가능한 일. 한겨울의 혹한 속에서는 어쩌면 그리워할지 모를 순간. 주머니를 뒤집었을 때 나오는 모래 알갱이나 천 가방에 희미하게 밴 바다 냄새처럼. 겨울 속에 있을 때 내가 여름의 무엇을 그리워하곤 했는가를 떠올리면, 눈앞의 여름을 좀 더 기운내서 살아갈 힘을 얻게 된다.

장마가 끝나고 이 무렵 찾아오는 무더위를 '삼복더위'라 부른다. 24절기에 속하지 않는 삼복三伏은 중국 진나라에서 유래해 우리나라에 전해진 것으로 알려져 있다. 선풍기도 에어컨도 없던 시절 여름을 나는 일이 얼마나 고되었는지는 "삼복지간三伏之間에는 입술에 붙은 밥알도 무겁다"는 속담에서 느껴진다. 더위에 몸의 기운이 쉽게 약해지니, 입술에 붙은 조그만 밥알도 무겁게 느껴질 만큼 한여름엔 사소한 일도 힘겨워진다는 뜻이다.

그렇다면 옛사람들은 이 더위를 어떻게 이겨냈을까?

이겨내려 하지 않았던 게 조상들의 지혜다. 여름은 여름답게 덥고, 겨울은 겨울답게 추운 것을 담담히 받아들이며, 주어진 오늘의 날씨만큼을 살아가려 했던 사람들. 자연에 순

응하며 때를 기다리다 보면 곧 더위가 물러가고 시원한 계절
이 오리라는 걸 알았던 조상들은 예로부터 삼복을 쉬어가는
날로 삼았다. 초복, 중복, 말복은 긴 여름을 지나는 동안 멈추
었다 가는 세 번의 간이역인 셈이다.

복날에는 더위를 피해 물가나 숲을 찾아 기력을 보충하
는 음식을 먹으며 하루를 즐겁게 보내는 풍습이 있었는데 이
를 '복달임한다'라고 했다. 뙤약볕 아래 농사일을 계속해서는
몸을 해치기 십상이므로, 아무리 바빠도 복날 하루쯤은 시간
을 내어 미리 장만한 술과 음식을 들고 계곡을 찾아가 놀았던
것이다. 복날은 농부들에게 더위를 피해 쉴 고마운 명분이 되
어주었다. 하루짜리 여름방학처럼.

'피서를 핑계로 마련한 술자리'를 뜻하는 하삭음河朔飮은
선비들의 복달임이다. 후한 말, 유송劉松이 삼복더위를 피해 하
삭(중국 황하 북쪽 지방)에서 밤낮으로 술을 마셨던 고사에서
유래했다는데, 술 마실 핑계를 지어내는 애주가의 역사는 이
리도 길구나 싶어 웃음이 샌다. 조선시대 선비들도 시원한 물
가에 모여 하삭음을 즐겼다. 계곡에 가기도 했지만 선비들의
여름 놀이는 주로 호수에서 연꽃을 감상하는 것이었다. 진흙

속에서도 티끌 하나 없이 피어나는 연꽃은 속세의 더러움에 물들지 않는 청정함을 가르쳤기에, 연꽃을 보며 그간 오염된 마음을 씻는다 하여 세심洗心 놀이라고도 불렀다.

이때 애용된 술잔 중 하나가 '연잎'이었다. 발수성이 좋아 빗물이 또르르 흐르는 연잎을 보고 누군가는 술을 담아볼 생각을 했던 것일까? 너울거리는 그 커다란 연잎을 어떻게 잔으로 쓴 것일까 궁금했는데, 실상을 알고 나니 아, 나는 아직 풍류의 'ㅍ'에도 이르지 못했구나 싶어 탄식이 나왔다. 옛사람들이 만든 천연 술잔은 이렇다. 줄기가 너무 짧지도 굵지도 않은 것을 골라 연잎을 줄기째 꺾는다. 싱싱한 연잎 위로 술을 부은 후 줄기와 이어지는 가운데 부분을 비녀로 찔러 구멍을 낸다. 그럼 술이 줄기 속으로 흘러내렸는데, 연잎 줄기를 통과한 술은 연꽃 향기가 스미고 차가워져서 좋았다고. 커다란 연잎을 술잔으로, 긴 줄기를 빨대로 삼은 것이다. 이렇게 마시는 술을 연꽃 하荷, 마음 심心 자를 써서 하심주라 불렀다.

조상들로부터 풍류를 배울수록 여름의 숙제가 분명해진다. 한량 되기. 더위에 지쳐 쓰러지듯 쉬는 것 말고, 보다 적극적으로 한량 되기! 한 번으로는 부족하니, 하루짜리 여름방학을 세 번에 나눠 가졌던 삼복처럼.

*

　20대에 처음 취직을 하고 여름휴가를 썼을 땐, 왜 이 무렵이 휴가철이 돼야 하는지 의아했다. 선선한 바람 부는 좋은 계절 다 놔두고 어째서 1년 중 무더위가 가장 기승을 부릴 때를 휴가철로 정해둔 걸까. 이제는 안다. 그건 마땅히 쉬어야 할 때 쉬어갈 명분을 주는 일임을. 여름 아래서, 나는 기왕이면 잘 쉬는 사람이 되고 싶다. 내게 휴식의 태도를 자연스레 알려주었던 건 고향 마을의 농부들이었다. 그 이야기를 언젠가 글로 풀어 쓴 적 있다.

　열아홉 살까지 살았던 시골 마을에서는 아무것도 하지 않는 시간이야말로 정말 중요했다. 여름이면 해가 높이 뜨기 전인 아침과 맹렬한 더위가 좀 수그러든 저녁에만 들판에 나가 일을 하고, 쨍쨍한 한낮에는 모두가 쉬었다. 그래야 무사히 기운을 회복해서 진짜 해야 할 일을 제대로 할 수 있었으니까. 그럴 때 나무 그늘에서 쉬는 사람에게 누구도 게으르다고 손가락질하지 않았다. 오히려 한낮에 조금 더 일을 해놓겠다고 자리에서 일어서는 사람이 있으면 나서서 말렸다. 그러다 큰일 난다고. 괜한 욕심 부리지 말라고.

무리하면 지치는 법이니 지금 지쳐 있다면 그건 필시 무리했다는 뜻이리라. 내게도 그런 시간이 있었다. 한낮에 기어코 뙤약볕으로 나가듯 살았던 시간이. 그땐 그게 내 삶을 위한 최선의 열심이라고 생각했는데 일을 좋아하지도, 나를 좋아하지도, 삶을 좋아하지도 못하는 시간이 길어지자 일상에 적색등이 켜진 것 같았다. 그럴 때 해야 하는 일은 하나였다. 신호를 무시하지 말고 멈추는 것. 무리한 몸과 마음이 회복될 만큼 충분히 쉬어가는 것. 성실히 일했다면 그만큼 성실히 쉬어야 한다는 걸 이제는 안다.

올해 내가 휴식의 자세를 익힌 곳은 여름 계곡이다. 고향 집에 내려가서 부모님과 함께 계곡 옆 식당에 갔을 때였다. 백숙과 감자전과 동동주를 주문하고 땀을 식히며 앉아 있는데 그새 아빠가 사라지고 없었다.

"아빠는?"

"물에 갔겠지."

물 만난 물고깃과인 아빠는 물가에서 툭하면 사라진다. 나무 사이로 내려가보니, 계곡물이 얕게 흐르는 판판한 바위를 침대 삼아 팔베개를 하고 누워 있는 사람이 보였다. 자연인인가 했는데 우리 아빠였다. 계곡물이 찰랑찰랑 몸을 반절만

감아 흐르는 가운데 아빠의 표정은 더없이 평화로워 보였다. 계곡은 눕는 곳이구나!

언젠가 제주도 함덕 해변에 차를 세웠을 때 아빠는 망설임 없이 옷을 벗고 휘적휘적 바다에 들어갔던 적도 있었다. 태풍이 온다는 예보가 있었고 그건 2박 3일로 여행 온 우리에게 눈앞의 바다가 마지막으로 보는 맑은 바다일 수 있다는 얘기였다. 알면서도 옷을 입고 선 우리와, 알기에 곧장 바다로 뛰어들던 아빠. 여름 바다는 뛰어드는 것이라 알려주었던 아빠가 여름 계곡은 드러눕는 자의 것이라고 알려주고 있었다. 그날 우리는 오후가 다 가도록 백숙을 먹거나 동동주를 마시다가 열이 오를 때마다 틈틈이 계곡물에 가서 누웠다.

여름은 그렇게 휴식의 자세를 익히기에 좋은 계절. 나의 풍류 선배 다산이 쓴 글 중에 〈소서팔사消暑八事〉 즉, 더위를 식히는 여덟 가지 방법에 대한 글이 있다. 한여름 무더위가 시작되면, 시원한 물을 한 모금씩 마시듯 이 글을 읽어본다.

松壇弧矢송단호시 소나무 숲에서 활쏘기

槐陰鞦遷괴음추천 느티나무 아래에서 그네 타기

虛閣投壺^{허각투호} 넓은 정자에서 투호하기

清簟奕棋^{청점혁기} 대자리 깔고 바둑 두기

西池賞荷^{서지상하} 서쪽 연못에서 연꽃 구경하기

東林聽蟬^{동림청선} 동쪽 숲속에서 매미 소리 듣기

雨日射韻^{우일사운} 비 오는 날 시 짓기

月夜濯足^{월야탁족} 달밤에 개울가에 발 담그기

시대는 달라졌지만 읽다 보면 땀이 식으며 한 줄기 바람이 스치는 기분이다. 더위를 불 끄듯 없앤다 하여 소서^{消暑}라 이름 붙였지만, 읽다 보면 더위를 없애기보다 즐기려 한 낙서^{樂暑}에 가깝다는 생각이 든다. 우리의 휴식도 꼭 피서^{避暑}일 필요는 없겠지. 더위를 피하는 게 아니라, 즐기거나 가만히 함께 있는 법을 찾을 수도 있을 것이다. 어쨌든 그을린 얼굴과 팔뚝은 우리가 이 여름을 사랑했다는 증거일 테니까.

나만의 '낙서팔사'도 적어보고 싶어진다. 평상에 누워 여름 밤하늘 별자리 보기, 커다란 느티나무 그늘을 찾아 책 읽기, 바다 수영을 하고 따뜻한 모래에 누워 있다가 까무룩 잠들기, 한낮에 시원하게 얼린 잔에 맥주 마시기……. 여덟 가지 목록을 보태고 지우고 새로 쓰는 동안 여름은 깊어갈 것이다.

여름이 이토록 더운 것은 우리에게 쉬어갈 명분을 만들어주려고. 무리하지 않는 법과 휴식의 자세를 가르쳐주려고. 무엇보다 쉬면서도 죄책감을 느끼는 사람들에게 쉴 때 느껴야 하는 건 죄책감이 아니라 평온함임을 알려주려고.

주말엔 가까운 계곡에 가야겠다. 읽을 책과 맥주 정도만 챙겨가서, 계곡물에 수박처럼 잠겨 있다가 저물녘 차게 식은 나를 데리고 집으로 돌아와야지.

대서 무렵의 제철 숙제

☑ 여름 더위를 식히는 나만의 방법을 여덟 가지만 적어보기

☑ 그 목록을 하나씩 실천하면서 내게 맞는 휴식의 자세를 취해보기

☑ 무더위의 보상이기도 한 여름 제철 과일 찾아 먹기

3부

가을, 이슬에 여물어가는 계절

* 입 추	* 처 서	* 백 로	* 추 분	* 한 로	* 상 강

입추

立 秋

설 가
입 을
  추

8월 7일 무렵

가을의 길목에
들어서는 때

어느 날, 새끼 제비를 도왔더니 생긴 일
입추엔 구름 감상과 제비 관찰이 제철

같은 날짜의 5년을 톺아볼 수 있는 일기장 덕분에 특정 계절에 내가 어떻게 지냈는지를 쉬이 알 수 있다. 가령 이 무렵의 5년 일기장을 펼쳐보면 계절도 나도 참 한결같다. 하루가 멀다 하고 이어지는 건 구름 타령과 노을 타령. 아침부터 구름이 얼마나 근사했는지 창가에 앉아 구름 관찰하는 것을 오늘의 할 일로 삼고 싶었다는 날도 있고, 해 질 녘 서쪽 하늘 전체가 불타오르다가 노을이 집 안까지 스몄노라 적은 날도 있다. 점점 크게 부푸는 뭉게구름을 향해 자전거를 타고 달린 날, 소나기 그친 하늘에서 무지개를 목격하는 행운을 누려 몹시 기뻐한 날의 기록도 있다.

　매일의 구름과 노을이 어떻게 아름다웠는지 묘사하느라 정작 그날 내가 무얼 했는지에 대한 기록은 부족하다. 하지만 읽다 보면 알게 된다. 이 무렵엔 감탄이 나의 일이었다는 걸. 바야흐로 구름의 계절. 양떼구름, 새털구름, 뭉게구름, 햇무리구름…… 매일 다른 구름이 하늘에 매일 다른 그림을 그리다가, 해 질 무렵 불꽃놀이 클라이맥스 같은 장면을 연출하고선 사라진다. 그러니 입추부터 백로에 이르는 동안엔 매일 잠깐씩이라도 시간을 비워둘 일이다. 구름을 관찰하고 기록할 시간, 노을을 감상할 시간이 필요하니까. 실제로 근사한 구름만 찍어서 기록해두는 나의 '구름 수집' 계정은 이 무렵에 가장 바빠진다. 기록에도 제철이 있는 셈이다.

　"제비 왔네!"

　시골집에 갔다가 처마 아래를 보고 반갑게 소리쳤다. 봄에는 어디 다른 집에 들렀다 이제야 찾아온 걸까? 봄의 전령인 제비는 삼짇날이 드는 4월경에 찾아와 새끼를 두 번 낳고 추분 무렵 남쪽으로 돌아간다. 지금 시골집 처마에 자리 잡은 어미는 아마도 두 번째 육아 중일 것이다.

어렸을 적 한옥에 살 때는 해마다 제비가 처마 밑에 둥지를 틀곤 했는데 시골집의 형태가 바뀌면서 보기가 드물어졌다. 제비의 최대 천적은 기후 위기라는 글을 본 적 있다. 여름철 폭우가 길어지면 어미가 먹이를 구하기 어려워지고 폭염 또한 아직 깃털이 없는 새끼들에게 치명적이라고. 야생의 천적을 피해 사람 사는 곁으로 와서 둥지를 짓게 된 새인데, 결국 사람이 천적이 된 셈이니 믿어준 만큼 미안해해야 할 일. 몇 해 전에는 제비들이 수천 킬로미터에 이르는 이동을 할 때 타고 오는 계절풍의 방향이 크게 바뀌어서 때아닌 고초를 겪기도 했단다. 철마다 주변의 자연을 살피다 보면 환경과 기후를 걱정하는 마음이라는 게 결국 좋아하는 것을 계속 보고 싶은 바람이라는 생각이 든다. 올해 보았던 제비와 꽃을 이듬해에도 다시 볼 수 있길 바라며 내가 할 수 있는 일을 하는 것. 지키고 싶은 것을 지키는 데에는 결국 그런 애정 어린 마음들이 필요하다.

다행히 몇 해 전부터 제비가 다시 시골집에 찾아와 둥지를 짓기 시작했다. 가파른 벽에다 진흙을 붙이느라 애를 먹는 모습을 지켜보던 아빠는 지붕 아래 세 군데에 나무 받침을 만들어주었다. 뭘 좋아할지 몰라 이것저것 다 준비한 사람처럼 길이도 각각 다르게 하고, 제일 왼편에는 제법 널따란 나무 판자를 앞마당처럼 붙여주기도 하면서. 그해 제비 부부는 중간의 나무 받침을 골랐고, 다음 해에는 왼쪽 나무판자를 골랐다. 지난해엔 어쩐 일인지 제비가 찾아오지 않아 서운하던 차, 올해 다시 새끼들로 복작거리는 둥지를 보니 반가웠다.

마당에 서서 까치발을 들자 둥지 속에 조그만 머리가 하나, 둘, 셋, 넷까지 보였다. 어미는 쉼 없이 들판을 오가며 먹이를 물어다 나르고, 새끼들은 샛노란 주둥이를 세모 모양으로 쫙쫙 벌려 먹이를 받아먹는다. 제비 한 마리가 하루에 300마리 넘는 벌레를 잡는다니, 두 번의 육아를 거치며 제비 부부가 번갈아 잡아낸 벌레의 양을 생각하면…… 거의 우리 집 일꾼으로 봐도 무방할 정도다. 올해도 논밭의 벌레를 부지런히 물리쳐주었겠지. 예로부터 제비를 길하게 여긴 데는 농사를 돕는 고마운 새라는 이유도 한몫했을 것이다.

대서 뒤에 오는 입추立秋는 벼 이삭이 여물어가는 들판 위로 제비가 뒤집힌 포물선을 그리며 나는 계절. 하지를 기점으로 낮이 짧아지고는 있지만 그간 태양이 달구어놓은 땅의 열기가 남아 있어 1년 중 가장 더운 날이 이어지는 시기이기도 하다. 해의 운동과 땅의 계절에 차이가 생기는 것은 이처럼 지구의 복사열 때문. 그래서 매년 이맘때면 "이렇게 더운데 무슨 입추냐!" 하는 푸념이 터져 나온다. "이렇게 추운데 무슨 봄이냐!" 했던 입춘과 대칭을 이루듯이.

물론 한낮엔 아직 무덥지만 입추가 바꾸어놓는 것은 낮이 아니라 밤이다. 후텁지근한 열대야가 이어지다가 입추를 기점으로 묘하게 저녁 바람이 시원해진다. 밤 산책을 나서 걷다 보면 "신기하다, 바람이 시원해졌네" 하는 말이 자연스레 나올 만큼. 그 청량함은 뭐랄까, 계곡물에 담갔다가 물기를 털어낸 상추 같은 바람이라 해야 할까. 바람은 사계절 불지만, 한 해 중 가장 반가운 바람은 아마도 입추 무렵 찾아오는 저녁 바람일 것이다. 무더위의 절정이 지나가고 있음을 알려주는 한 줄기 시원함. 이맘때 자주 내리는 소나기도 여름내 달궈진 땅을 식히는 역할을 한다.

그건 매해 반복되는 일이어서 입추마다 속으로 외치곤 했다. '입추 매직이다!' '올해도 입추 사이언스다!' 예전엔 그저 이 무렵을 기점으로 바람이 달라진다는 게 신기해서 한 말이었지만, 절기와 친해진 지금은 안다. 자연스러운 변화라는 걸. 절기는 천문현상을 관찰해 만든 과학적인 계절력이다. 해가

194

한 보 움직였으니 한 보만큼의 계절 변화가 생길 수밖에. 다산의 둘째 아들이자 조선시대 문인인 정학유는 〈농가월령가農家月令歌〉에서 입추 무렵에 대해 이렇게 표현했다.

늦더위가 있다 한들 계절의 차례를 속일 수 없어 빗줄기가 가늘어지고 바람 끝도 다르다.

계절의 차례를 속일 수 없다니. 입추의 미묘한 변화를 설명하기에 이보다 적합한 표현이 있나 싶어 기억해둔다.

참깨 타작을 마친 후(그렇다, 소만에 심은 그 참깨이며 절기마다 일일이 언급을 못 할 뿐 농사일은 끊임없이 이어지고 있다) 깨가 붙은 팔을 흔들며 집으로 향하다 말고, 논 위로 거대한 뭉게구름이 만들어진 걸 보고 멈춰 섰다. 마을 어디선가 개가 왕왕 짖어 웃음이 났다. 입추와 관련해 가장 널리 알려진 속담은 아마도 이것이지 않을까.

"입추에는 벼 자라는 소리에 개가 짖는다."

늦여름의 뜨거운 햇볕을 받은 벼가 어찌나 잘 자라는지 귀 밝은 개가 그 기척을 느끼고 짖을 정도라는 뜻이다. 실제로 입추 무렵은 벼의 성장이 대나무처럼 빨라지는 시기이자, 여태 길쭉이 자란 풀로만 보이던 벼에 볼록볼록 이삭이 패는 때이기도 하다. 아무리 그렇다 한들 무슨 소리가 날까 싶지만, 벼가 무럭무럭 자라는 들녘을 내다보며 흐뭇해했을 농부의 마음이 짐작되는 속담이다. 이 무렵부터 처서까지 비가 오지 않아야 풍작을 기대할 수 있기에 과거에는 입추가 지나서 비가 닷새 이상 계속되면 조정이나 각 고을에서 비를 멎게 해달라는 기청제祈晴祭를 올리기도 했다.

"어마야, 큰일 났다!"

저물녘 마당에서 빨래를 걷던 인숙 씨가 소리쳤다. 온 가족이 놀라 뛰쳐나가 보니 솜털이 보송보송한 새끼 제비 두 마리가 처마 아래 떨어져 있었다. 아빠가 서둘러 사다리를 가지고 왔다. 그사이 나는 새끼들을 조심스레 손으로 감싸 들었다. 다행히 아직 온몸이 말랑해서인지 다친 데는 없어 보였다. 두 마리 모두 무사히 둥지에 넣어주자 전깃줄에 앉아 노심초사하던 어미가 쏜살같이 날아왔다.

놀란 가슴을 쓸어내리며 우리는 두런두런 얘기를 나누

었다. 좁은 둥지 안에서 서로의 체온이 덥게 느껴져 밀쳐내다 보니 벌어진 일이 아닐까 하는 의견 1. 어미가 주는 먹이를 서로 받아먹으려고 일어서다 떨어졌을 거라는 의견 2. 원래 새끼들은 먼저 덩치를 키운 녀석이 약한 녀석을 도태시킨다는 다소 무서운 의견 3. 다른 새가 둥지를 공격한 걸 수도 있으니 CCTV를 돌려보자는 의견 4⋯⋯. 인숙 씨는 그사이 새끼가 또 떨어질 것을 염려해 푹신한 방석을 여러 개 가져와 처마 아래 깔아주었다. 추락 방지 에어 매트를 설치하는 것처럼.

"내년에 제비가 진짜 박씨 물어오는 거 아냐?"
"내 이카다 부자 되겠네."

그런 농담을 나누는 사이 해는 저물고, 열어둔 창에서 옥수수 찌는 냄새가 고소하게 흘러나와 마을로 퍼져나갔다. 들판엔 아직 할 일이 많이 남았는데, 제비가 은혜 갚을 일만 기다리면 된다고 생각하니 기운이 좀 나는 것도 같았다. 이제 우리 집안 고생도 끝인가! 꼭 사람 사는 곳에 찾아와 집을 짓고 다음 해에도 같은 집에 찾아오며, 더러 그 집이 사람 없는 빈집이 되면 더 이상 둥지를 짓지 않는다는 제비. 그래서인지 제비가 둥지를 짓기 전, 집주인의 성품을 자세히 관찰한다는 얘기도 전해져 내려온다. 제비만 아는 합격과 불합격의 세계. 그렇다면 인숙 씨와 숙호 씨는 이 마을에서 제법 믿을 만한 사람으로 제비에게 인정받은 셈이려나.

벼는 익어가고 개는 왕왕 짖는데 낮게 나는 제비를 보며 그런 생각을 한다.

아무튼 내년을 기다려볼 일이다. "어느 해 입추였어. 바닥에 떨어진 새끼 제비를 도와주었더니 말이야"로 시작하는 이야기를 하게 될지도 모르니.

입추 무렵의 제철 숙제

☑ 군청색 턱시도를 빼입고서 빠르게 나는 제비 찾아보기

☑ 크게 부푼 뭉게구름을 관찰하고 노을 감상하기

☑ 늦가을까지 하늘을 기록한 후 '올해의 구름' '올해의 노을' 뽑아보기

처서

處暑

<small>멈출 더위
처 서</small>

8월 22일 무렵

더위가 멈추며
가을이 깊어지는 때

눅눅해진 마음을 햇볕에 잘 말리고서
처서엔 포쇄가 제철

입추와 태풍이 지나간 자리에는 묘하게 빈 공간이 생긴 듯하다. 앞으로 가을이 조금씩 들어차게 될 자리. 아침에 방문을 열고 나오면, 밤새 창을 열어두었던 거실에 시원한 아침 공기가 채워져 있는 게 느껴진다.

밤 산책도 기꺼이 나서게 됐다. 보름 전만 해도 달아오른 땅이 식기를 기다렸다가 늦은 밤에 겨우 현관문을 나서곤 했는데, 이젠 저녁 바람을 쐬러 이르게 집을 나선다. 집에 돌아와 샤워를 하고 선풍기 바람에 머리를 말리다 보면 올여름도 이렇게 가는구나 싶어 서운한 마음이 든다. 사계절 중 여름만

이 주는 서운함이다. 긴 방학이 끝나갈 때처럼, 여행지에서 돌아가야 할 시간이 다 된 것처럼 뒤를 돌아보게 된다.

열대야가 한창 이어질 땐 며칠간 에어컨을 켜고 잤지만, 이젠 창문을 열어두고 잘 수 있을 만큼 밤공기가 식었다. 에어컨 냉매가 순환하며 내는 소리 대신 풀벌레 소리를 들으며 잘 수 있어 다행이다. 풀벌레 소리는 이맘때만 들을 수 있는 귀한 자장가니까.

"땅에서는 귀뚜라미 등에 업혀 오고, 하늘에서는 뭉게구름 타고 온다."

열네 번째 절기 처서는 24절기 중 가장 귀여운 소개말을 가지고 있다. 짧은 문장을 가만히 읊어보는 동안 눈앞에 그림책 한 권이 펼쳐지는 것 같다. 귀뚜라미 등에서 혹여 떨어질까 더듬이를 꼭 붙잡고 있는, 뭉게구름을 타고 어디에 내려앉을까 살피고 있는 처서는 대체 어떻게 생겼을까. 싱거운 상상을 하다 보면 길고 무더웠던 여름이 물러가고 풀벌레 소리가 시작되길 기다렸을 옛 농부들의 마음이 그려지기도 한다.

처서處暑를 이루는 글자 중 더위 서暑 앞에 오는 처處에는 뜻이 많다. '멈추다'라는 뜻으로 읽으면 더위가 멈출 무렵이 되고, '머무르다'로 읽으면 아직 더위가 머물러 있는 때가 되며 '쉬다'로 읽으면 더위가 쉬는 때가 된다. 처處에는 '처리하다'라는 뜻도 있으니 '더위를 마무리 짓는다'는 의미 쪽이 조금 더 마음에 든다. 그건 여름과 작별한다는 뜻일 테니까.

결별이 기약 없는 헤어짐이고, 이별이 어찌할 수 없는 헤어짐이라면, 작별은 서로 인사를 나누고 헤어지는 일을 가리킨다. 미리 준비한 인사를 전하고 잘 보내주는 일, 그리하여 다음을 기약하는 일. 사람들이 흔히 하는 오해 중 하나는 절기를 달력에 적힌 그날 '하루'로 여기는 것인데 사실 그날부터 다음 절기까지의 기간을 '한 절기'로 본다. 처서는 하루가 아니라 백로가 오기까지의 열다섯 혹은 열여섯 날을 가리키는 것이다. 그렇다면 처서란, 저무는 여름과 시간을 들여 인사하고 천천히 작별하는 과정이겠다.

처서 무렵과 관련해서는 옆에 앉은 이의 어깨를 두드리며 얘기해주고픈 풍습을 두 가지나 찾았다. 그중 하나는 이 무렵 찾아오는 백중百中(음력 7월 15일)의 세시 풍속이었던 '호미씻이'. 여름내 매만지던 호미와 농기구들을 깨끗이 씻어놓고 잔치를 여는 날로, 대서에 소개한 '복달임'과 비슷한 농부들의 회식이라 할 수 있다. 지금껏 뙤약볕 아래 김매기를 해야 했던 농부들에게 주어진 휴가이자, 바쁜 한 해 농사를 얼추 마무리 짓고 수확만 남겨둔 상태에서 벌이는 즐거운 잔치이기도 했다고.

여름내 손에 붙인 듯 지녔던 생업의 도구. 옛 농부들에게 그게 '호미'였다면, 우리에겐 무엇일까. 밭에서 김을 매는 대신 책상에 앉아 글을 쓰는 내게는 펜이나 키보드일지도. 물에 씻을 순 없으니 먼지라도 구석구석 닦아주고 책상 위에 가지런히 올려둔 채 어디 시원한 곳을 찾아 집을 나서고 싶어지는 풍습이다.

호미씻이보다 마음을 빼앗긴 두 번째 풍습은 '포쇄'다. 볕에 쬘 포曝에, 볕에 말릴 쇄曬. 장마가 있는 여름을 지나는 동안 눅눅해진 책이나 옷을 모두 꺼내어 햇볕에 쬐고 바람에 말리던 일을 뜻한다. 책을 만드는 데 사용된 한지는 습기에 약해 썩거나 벌레 먹는 경우가 많았기 때문에 책이나 옷을 보다 오래 보존하기 위해 만들어진 풍습이라고.

주로 1년 중 햇볕이 가장 좋은 시기에 정기적인 포쇄를 했다. 민가에서는 옷, 책, 곡식 따위를 마당이나 담벼락에 널어 습기를 말렸고 《조선왕조실록》을 보관했던 사고에서는 '포쇄별감'(얼마나 중요했으면 따로 관리를 둘 정도였다)의 지휘 아래 실록을 말리는 것이 큰 행사였다. 햇볕 외에도 바람을 쐬어 말리는 것을 거풍擧風, 그늘에 말리는 것을 음건陰乾이라 불렀다. 여름내 눅눅해진 책과 옷을 꺼내 가을볕과 바람에 말리는 풍경이라니. 필요에 의해 생긴 풍습이고 옛사람들에게는 그것도 하나의 일이었을 테지만, 현대인의 눈으로 보면 어쩐지 바람 아래 눕는 낭만으로도, 여름에서 가을로 옮겨가는 의식으로도 읽힌다.

포쇄를 알게 된 후로는 무얼 하든 여름내 눅눅해진 나를 말린다는 심정으로 돌아다녔다. 주말에 소파에 누워 넷플릭스를 보고 있는 강에게 나가자고 하면 귀찮은 기색이 역력하다. 그럴 땐 품에서 비장의 카드를 꺼내든다.

"(미리 시무룩한 얼굴을 준비하고) ……나 원고 써야 돼."

에피소드가 떨어졌다는 뜻임을 알아들은 강이 별수 없이 몸을 일으킨다. 그럼 기회를 놓치지 않고 여전히 시무룩한 얼굴로 '일을 위해' 어쩔 수 없이 나간다는 듯 주섬주섬 가방을

꺼내서 책도 담고, 카메라도 담고, 얼음 팩도 담고, 캔 맥주(?)도 담는다.

눕기 좋은 풀밭이야 몇 군데 알고 있다. 잔디밭이나 공원 나무 그늘 아래에 돗자리를 깔고 누워서 나를 말리고, 보냉백 안에 같이 넣어 왔다가 물기에 젖어 우글우글해진 책도 말린다. 조금 선선하다 싶을 때는 몸의 반절을 햇빛에 내놓는다. 얼마 안 가 곧 저녁이 오듯 가을이 깊어질 텐데, 해가 짧아질 계절에 대비해 미리 광합성을 해두는 기분도 난다.

원고 써야 한다더니 대체 (누워서) 뭐 하는 건데, 눈으로 묻는 강에게 답한다. "고려시대부터 이어져 내려온 풍습을 실천 중이야." 고려시대엔 보냉백도 맥주도 없었을 테지만 이쯤 되면 원고는 핑계였단 걸 너도 알고 나도 알고 세상도 안다.

그렇다고 눅눅한 마음마저 거짓이었던 것은 아니다. 여름의 우리에겐 너무 많은 일들이 있었다. 속을 다 꺼내놓고 말할 수 없을 때 말릴 수라도 있다면. 한지로 만들어진 듯 습기에 약한 마음은 햇빛과 바람을 필요로 한다. 그러니 옷과 책뿐만 아니라 마음도 햇볕 좋은 시기에 정기적으로 말릴 일이다. 포쇄에 대한 가장 오랜 기록 중 하나는 송나라 유의경이

편집한《세설신어^{世說新語}》에 나온다.

> 한낮에 해를 보고 누웠기에
> 사람들이 그 까닭을 물으니 답하기를
> 나는 배 속의 책을 말리고 있소

배 속의 책을 말려야 했던 사람의 마음은 얼마나 눅눅했을까. 젖은 문장이 다 마를 때까지, 번진 자국이 옅어질 때까지 바깥에 오래 누워 있자고 말하고픈 계절이다. 초가을이라 부르기엔 아직 이른 8월, 여름과 천천히 작별하고 있다.

처서 무렵의 제철 숙제

- ☑ 가을이 왔음을 알리는 풀벌레 소리에 귀 기울여보기
- ☑ 여름내 눅눅해진 나를 데리고 나가 햇볕과 바람에 말리기
- ☑ 하루 종일 잘 말린 마음을 차곡차곡 접어 집으로 돌아오기

백로

白 露

흰 이슬
백 로

9월 7일 무렵

밤 기온이 내려가
풀잎에 흰 이슬이 맺히는 시기

도토리 6형제를 찾아 숲으로
백로엔 도토리 공부가 제철

시골집 마당에 떨어졌던 새끼 제비들이 무사히 자라서 둥지를 떠났다는 소식을 인숙 씨가 전해주었다. 제비들 몸이 성하려나 싶어 내내 걱정하던 인숙 씨는 오며 가며 둥지를 유심히 관찰했단다. 떨어졌던 새끼 제비 두 마리는 처음엔 다른 형제들에 비해 잘 날지 못했다. 그러자 어디서 소식을 들었는지 온 동네 제비들이 한 번씩 찾아와 응원해주었다고(인숙 씨의 표현 그대로다). 할 수 있어, 같이 가자, 말하는 것처럼.

그렇게 여러 마리 제비들이 며칠 동안 수시로 찾아왔고 마침내 긴 여행의 채비를 마친 어느 아침, 모두 함께 남쪽으로 떠났다는 해피 엔딩. 그 작은 몸으로 수천 킬로미터에 이르는 첫 비행을 해야 할 새끼 제비들을 생각하면 절로 응원하는 마음이 솟았다. 부디 무사히 바다를 건너길. 인숙 씨로부터 제비 얘기를 전해 듣는 내내 수화기 저편에서는 풀벌레 소리가 끊이지 않고 들려왔다. 가을이구나.

제비는 따뜻한 남쪽으로 떠나가고 북쪽에 사는 기러기가 찾아오는 계절, 백로白露다. 철새들이 먼바다를 건너 자리를 바꾼다는 건 그만큼 계절의 변화가 크다는 말. 백로는 이 무렵이면 밤 기온이 이슬점 이하로 내려가 들판의 풀잎에 '흰 이슬'이 맺히기에 붙여진 이름이다. 어렸을 적 아침에 시골길을 걸어 등교할 때마다 발목을 적시던 이슬이 생각난다. 저마다 바짓단이 젖은 채로 책상 앞에 앉던 기억도.

백로부터 추석까지 열흘 남짓한 시간을 옛사람들은 가을볕에 포도가 익어가는 시기라는 뜻의 '포도순절葡萄旬節'이라 불렀다. 하여 이 무렵에 쓰는 편지는 이런 안부 인사로 시작하곤 했다. '포도순절에 기체후일향만강하시옵고······.' 투명한 이슬처럼 맑은 날이 계속되고 기온도 적당하니 들판에선 곡식과 과일이 무르익어갈 때다. 秋가을 추 자는 벼(禾)가 불(火)에 그을

212

리는 모양을 하고 있는데, 실제로 백로 무렵 들녘에 서면 뜨거운 가을볕에 무언가 익어가는 고소한 냄새가 코끝을 스친다. 그건 가을이란 계절만이 지닌, 시간이 노릇노릇 익어가는 냄새.

백로의 날씨는 산책 생활도 바꾸어놓는다. 더위에 지쳐 주변을 살필 겨를이 없었던 때를 지나 선선한 바람이 등을 밀어주면 조금 더 걸어볼까, 저기까지만 더 가볼까 싶어진다. 금세 송글송글 땀이 맺히지만 높이 나는 잠자리를 보며 머리 위의 하늘이 어느새 가을 하늘로 바뀌었음을 느낀다. 여름내 세상을 꽉 채운 초록을 보느라 한동안 변화에 둔감했던 마음에도 불이 켜진다. 달라진 것은 무엇이고, 여전한 것은 무엇인지 관찰하며 걷기 좋은 계절.

여름의 색이 서서히 빠져나간 자리에 어떤 색들이 내려앉기 시작했는지 지켜본다. 한 그루 나무에서 가장 먼저 물들기 시작한 이파리를 찾아내는 건 이 무렵 산책 생활자의 작은 기쁨 중 하나. 너는 꼭대기서부터 노란 단풍이 드는구나. 너는 물가로 힘껏 뻗은 가지에서부터 빨간 단풍이 시작되고. 다 같이 자리에서 일어서려 할 때 이미 문밖에 나가 있는 성격 급한 친구처럼 잎이 반 이상 떨어져버린 나무도 목격한다.

운동화 끈을 바투 매고 뒷산에 오르면 산길이 어수선하다. 태풍과 비바람이 떨어뜨리고 간 것들이 흩어져 있어서다. 마른 나뭇가지와 이파리들, 아직 덜 여문 도토리들이 가지째 떨어져 있다. 다람쥐와 청설모들이 꼼꼼히 발라 먹고 버린 잣송이나 솔방울도 눈에 띈다. 비늘 사이사이에 숨어 있는 씨를 빼 먹고 남긴 앙상한 모양새가 사람 눈에는 영락없이 새우튀김으로 보인다. 몇 해 전 국립산림과학원이 '가장 완벽한 새우튀김을 찾겠다'며 발 벗고 나서서 '새우튀김 자랑대회'를 열기도 했는데 SNS에 게시된 사진들을 구경하는 재미가 쏠쏠했다. 어떤 사진은 아무리 보아도 진짜 새우튀김을 손바닥에 올리고 찍은 것이 아닌가 싶을 정도였고, 비에 젖어 거무죽죽해진 솔방울 사진을 올리며 "좀 탔어요……" 말하는 이도 있었다.

전생에 다람쥐로 살아본 적이 있기라도 한 걸까. 바닥에 올망졸망 떨어진 도토리만 보면 걸음이 멈춘다. 쭈그려 앉아 모자(깍정이)가 붙어 있고 모양이 비교적 성한 것들을 골라본다. 모양이 마음에 들지만 모자가 떨어져 나간 도토리가 있으면 근처를 살핀다. 바닥에 흩어진 빈 모자들을 하나하나 씌워보고 맞는 모자를 찾아내는 게 꼭 가을 모자 쇼핑을 나온 사람 같아 웃는다. 종류별로 주운 도토리들을 나란히 늘어놓고 기념사진을 찍은 후 돌아선다. 지나가던 다람쥐가 '차려진 밥상'에 숟가락만 얹어주기를 은근히 기대하면서.

이 무렵엔 누구와 걷든 도토리 토크를 하고 싶어 입이 근질거린다. 나무에서 떨어진 도토리는 땅속에 어느 정도 묻혀야 혹한을 견뎌내고 이듬해 싹을 틔울 수 있는데 이때 도움을 주는 건 숲의 동물들이다. 겨울나기를 준비하는 다람쥐·청설모·어치 등이 도토리를 땅속 여기저기에 숨겨두지만 곧잘 숨긴 곳을 잊어버리기도 해서, 그렇게 '잊힌 도토리'가 다음 해 싹을 틔운다는 건 널리 알려진 사실. 도토리에 얽힌 사실들은 하나같이 누군가 그림책을 쓰려고 일부러 지어낸 이야기 같다.

초여름엔 '입하얀꽃'의 이름을 알려주는 게 산책의 즐거움이었다면, 가을엔 도토리 구별법이 그 자리를 대신한다. 그중 내가 가장 좋아하는 방식은 털모자 3형제 vs 베레모 3형제 구별법. 삐쭉삐쭉 풍성한 털모자를 쓴 건 상수리·굴참·떡갈나무 열매고, 야무지게 멋 부린 베레모를 쓴 건 신갈·갈참·졸참나무 열매다. 검색창에 '도토리 구별법'이라고만 입력해도 다양한 그림 자료가 뜨니, 올가을엔 도토리를 만날 때마다 구별해보시길.

도토리는 참나뭇과 참나무속에 속하는 나무들의 열매를 통틀어 이르는 말이다. 한 종류의 '도토리나무'가 있는 게 아니라 신갈나무, 갈참나무, 졸참나무, 상수리나무, 굴참나무, 떡갈나무 등의 열매를 모두 도토리라 부른다. 참나무야말로 '아낌없이 주는 나무'다. 재질이 다른 나무보다 좋아 옛날부터 곡괭이, 쟁기 같은 농기구나 수레바퀴, 배를 만들 때 사용됐다. 태워서는 '참숯'이 되어 끝까지 쓰였다. 이처럼 유독 쓰임이 좋아 '진짜' 나무라는 의미에서 '참'이 붙었으니 다른 모든 나무를 가짜 나무로 만들어버리는 그 패기 넘치는 이름에서부터 조상들의 편애가 느껴진다. 참나무 열매인 도토리 역시 먹을 것이 귀하던 시절, 백성들의 주린 배를 채워주던 양식이었다. 조선시대에는 고을에 사또가 부임하면 가장 먼저 도토리나무를 심었다고 한다.

모자상점

전국 곳곳에서 지금도 쉽게 볼 수 있는 나무가 된 것은 그런 연유라고. 나라에서는 흉년에 대비해 도토리를 수집해 창고에 저장해놓기도 했다니, 몹시 다람쥐적인 역사가 아닐 수 없다.

참나뭇과 낙엽활엽수 각각에 얽힌 이야기들도 흥미롭다. 먼저 상수리나무. 임진왜란 때 선조가 피난을 떠나 도토리묵을 먹었는데, 이 일을 계기로 '수라상 맨 위에 오른 도토리'라는 뜻의 '상수리'라는 이름을 얻게 되었다고. 피난길에 먹을 것이 부족해 어쩔 수 없이 백성들이 먹던 음식을 임금께 올린 것인데 선조가 이를 아주 맛나게 먹었다는 기록이 있다.

신갈나무는 '새로' 난 잎의 색이 '갈색'을 띤다 해서 붙여진 이름이라는 설도 있지만 내가 좋아하는 쪽은 '신발 밑창설'이다. 옛날 나무꾼들이 숲속에서 나무를 하다 짚신 바닥이 해지고 닳으면 '신' 안에 이 잎을 '깔'아서 신었다는 것. 다른 잎들에 비해 맨발에 닿아도 부드럽고 잘 미끄러지지 않는 재질이라 애용되었다고 한다.

떡갈나무는 그럼 '신'이 아니라 '떡'에 깐 것일까? 정답. 시루떡을 찔 때 시루 밑에 떡갈나무 잎을 깔고 쪘다 해서 붙여진 이름이다. 떡갈나무 잎으로 떡을 감싸서 찌기도 했는데, 뒷면의 털이 방부 작용을 해서 이렇게 찐 떡은 쉽게 변질되지 않았다고 한다. 그 많은 참나무 이파리 중에서 어떻게 떡갈나무의 효능을 가려낸 것인지 신기하기만 하다.

굴참나무는 나무껍질의 골이 유난히 깊다 해서 '골참'이라 불리다 '굴참나무'가 되었다. 산간 지방에서는 두꺼운 나무껍질로 지붕을 이은 집(굴피집)을 지을 때 사용했는데, 굴참나무 껍질은 유난히 보온성이 좋고 비가 좀처럼 새지 않아 유용했다고 한다. 와인 병의 코르크 마개를 만드는 데 사용되는 것도 이 굴참나무 껍질이다.

갈참나무는 가을이 끝날 때까지 제일 오래 단풍 든 잎을 달고 있어서 '가을 참나무'라는 말을 줄여 갈참나무라 불리게 되었다. 마지막으로 졸참나무. 참나무 종류 중 잎과 열매가 가장 작아 '졸率'을 붙여 졸참나무라 불리게 됐다. 참나무계의 졸병이라고 생각하니 괜히 더 마음이 쓰인다……. 하지만 원래 작은 것이 진국인 법. 졸참나무 도토리는 다른 도토리에 비해 떫은맛이 덜해서 묵을 만들면 맛이 제일 좋기로 알려져 있다.

가을의 숲길을 걸으며 몰랐던 걸 하나씩 알아가는 건 즐거운 일이다. 숲길을 걷는 동안 나무와 열매를 유심히 살피는 일. 도토리 모자만 보고도 정확하게 나무의 이름을 호명할 수 있게 되는 일. 어떻게 그런 걸 알아? 묻는 말에 좋아하면 알게 돼, 대답하는 일.

가을은 마른 낙엽 위로 툭툭 도토리가 떨어지는 계절. 내가 누구게! 외치는 듯한 그 소리에 바삐 걷던 설음을 멈추고 그제야 주변을 둘러보면, 이토록 환한 가을이다. 햇볕에 영글어가는 것들의 고소한 냄새, 알맞게 식은 바람, 저만치 높아진 하늘, 종일 새로운 그림을 그리는 구름…… 제철 숙제를 하러 숲으로 향하기에 더없이 좋은 계절이 왔다.

백로 무렵의 제철 숙제

☑ 가을 숲에 찾아가 도토리 6형제를 구별해보기

☑ 도토리 수업 이수 후, 산 아래 식당에서 도토리묵으로 책거리하기

☑ 주변에서 다람쥐나 청설모가 만든 새우튀김 모양 솔방울 찾아보기

추분

秋 分

가을 추 나눌 분

9월 22일 무렵

낮과 밤의 길이가
같아지는 가을날

이런 날엔 우리 어디로든 가자

추분엔 계수나무 향기가 제철

이 계절만 되면 환절기 알레르기처럼 찾아오는 것이 있다. 주로 날씨가 맑다 못해 영롱한 가을날 아침에 나타나는 증상으로, 창문을 열고 첫 바람을 쐬면 재채기가 나온다. "에취" 대신 "캠핑!" "캠핑!" 하고. 이름하야 캠핑 재채기.

지난 토요일 아침도 느지막이 일어나 작업실 창문을 연 순간 느꼈다. 밤새 계곡물에 씻고 나온 것처럼 아주 맑고 깨끗한 아침이 창 아래 도착해 있다는 걸. 뒷산 능선을 넘어가는 부지런한 양 떼 같은 구름, 바람이 불 때마다 팔랑팔랑 손 흔들듯이 반짝이는 나뭇잎들, 아직 여름을 보내지 못한 매미의 울음소리⋯⋯. 누가 초점을 이렇게 정확하게 맞춰둔 걸까. 자는 새 시력이 좋아졌나 싶을 만큼 풍경이 멀리까지 내다보였다. 캠핑 재채기가 절로 나올 수밖에.

이런 날 집에만 있는 건 오늘 이용 기한이 만료되는 날씨 쿠폰을 안 쓰는 것과도 같다. 일주일에 이틀이 주말인 건 평일 동안 못 쓴 쿠폰을 챙기라는 의미일지도. 써야지. 나가야지. 중얼거리며 시계를 확인한다. "캠핑 갈까!" 안방 문을 박차며 말했을 때 누워 있던 강이 귀찮은 기색 없이 "그럴까!"로 응수하면 준비는 끝난 셈이다. 즐거울 준비.

갑자기 캠핑이 가고 싶어졌을 때, 따로 예약을 하지 못했을 때 자고 올 수 있는 곳 몇 군데를 안다. 그중 하나는 영종도 횟집 주차장. 몇 해 전 우연히 발견한 이곳은 캠핑이 급할 때마다 고민 없이 향할 수 있는 아지트가 되었다. 별다른 시설도 없는 공터지만 약속 없이 마주쳤을 때 더 반가운 친구처럼 이곳이 좋다. 집에서 멀지 않고, 공항 방향으로 달리며 여행 기분도 낼 수 있고, 무엇보다 바로 앞에 바다가 있으니까. 좋은 신발은 좋은 곳으로 데려다준다는데 제철 감각 역시 우리를 좋은 장소로 데려다준다. 이맘때 어디에 있어야 조금 더 자주 웃게 되는지를 알고 사는 것만으로, 자잘한 추억을 스탬프 찍듯이 적립할 수 있다.

오늘 할 일: 가을 날씨 즐기기

할 일은 그것뿐이기에 차량 도킹 텐트를 대충 펴고 캠핑 의자에 앉아 오후를 보낸다. 여름이 끝난 바다에도 몸 담그는 걸 망설이지 않는 어린이들, 플라스틱 양동이를 들고 해루질 하는 사람들, 부서지는 파도를 하염없이 바라보고 선 갈매기들, 웃는 표정으로 산책하는 개들과 바람에 넘어가는 파라솔. 그런 것들을 바라보며 내가 기다리는 건 하나, 노을이다. 떠나는 여름의 등을 밀어주고 가을을 데려오는 바람이 불 때 서쪽 하늘은 얼마나 아름다운지. 이 무렵만 되면 해가 지는 방향으로 캠핑을 떠나고 싶어지는 것도 우연이 아니다.

시야가 탁 트인 해변에 앉아 해가 점점 낮아지다가 수평선 너머로 완전히 사라지는 모습을 지켜보는 건, 1년 중 몇 번 만나지 못하는 순간이다. 그래서 늘 옅은 안도감이 함께 찾아오는지도 모르겠다. 해가 지는 모습을 끝까지 지켜볼 만큼의 여유를 올해도 잃지 않았다는 그 단순한 사실이 다행스러워서.

바쁘게 살수록 그런 여유를 챙겨야 한다. 서해 모래사장에 무수히 난 조그만 동그라미들처럼, 그게 우리의 숨구멍이 되어주니까. 일몰이 아쉬운 것도 잠시, 가을 하늘은 해가 사라진 뒤부터 가장 아름다운 장면을 10여 분 넘게 상영해준다. 노을은 참 신기하다. 바라보고 있는 것만으로도 살아서 이런 걸 보니 좋다는 생각을 아무렇지 않게 하게 만드니.

하늘이 어둑해진 뒤에는 좋은 기분이 사그라들게 하지 않으려고 서둘러 모닥불을 피운다. 어두운 바다 위로 펑—펑— 터지는 (남이 해주는) 불꽃놀이를 보며, 이 순간에 어울리는 플레이리스트를 공들여 고르고, 불이 꺼지지 않도록 장작의 위치도 수시로 바꿔준다. 불을 피우듯, 음악을 고르듯, 좋은 기분도 결국 내가 만드는 거라는 생각. 1년 중 가장 사랑하는 온도를 찾아내어 초여름엔 싱그러운 숲으로, 더위가 한풀 꺾인 초가을엔 노을 지는 바다로 떠나는 건 내 기분을 위한 작은 노력인 셈이다.

캠핑? 하면 캠핑! 하고 떠나게 되는 이 무렵은 추분秋分이다. 봄의 절기 춘분에 이어 다시 한번 낮과 밤의 길이가 똑같아지는 절기지만, 기온은 춘분 무렵보다 10도가량 높다. 여름의 햇볕이 달궈놓은 열기가 아직 남아 있어서다. 추분을 기점으로 다시 밤이 낮보다 길어지기 시작한다. 뜨거운 바다에서 만들어지던 태풍의 소식도 끊긴 9월 말. 여름내 변화무쌍했던 날씨가 차분해지고, 열 오른 이마를 짚어주는 시원한 손바닥 같은 바람이 불어온다. 그래서 옛사람들은 "추분이 지나면 우렛소리 멈추고 벌레가 숨는다" "덥고 추운 것도 추분과 춘분까지다" 같은 속담을 만들었는지도.

'낮과 밤의 길이가 같아지는 날'이라는 공통점을 지녔지만 춘분과 추분이 영원히 만날 수 없는 사이란 걸 생각하면 사이토 린과 우키마루가 쓰고, 요시다 히사노리가 그린 《가을에게, 봄에게》(미디어창비, 2020)라는 그림책이 떠오른다. 나는 이 이야기를 무척 좋아해서 계절이 바뀌는 문턱에서 한 번씩 넘겨보곤 한다. 책 속에서 '봄'은 계절의 자리를 바꿔주러 온 여름으로부터 그럼 자신은 '가을'이 올 때까지 힘내겠다는 말을 듣고, 문득 단 한 번도 가을을 만난 적 없다는 사실을 깨닫는다. 어떤 애야? 하고 물으면 겨울은 따뜻하다고 말하고 여름은 차갑다고 말하는 가을. 봄은 계절의 건너편에 있는 '모르는 친구' 가을에게 편지를 써보기로 한다.

만난 적 없고 만날 수도 없는 친구에게 편지로 서로의 계절을 소개하는 장면은 눈이 부시다. 봄이 벚꽃에 대해 쓰면 가을은 덕분에 처음으로 벚꽃을 알게 되었다는 답장을 보내며, 코스모스라는 '가을의 벚꽃'이 있다고 소개한다. 봄이 '나는 알지만 가을은 모르는' 풍경에는 무엇이 있을까 곰곰이 궁리한 끝에 봄에는 아기 송사리가 많이 태어난다고 전하면, 가을은 숲속의 꼬마 버섯들을 소개한다. 처음 책을 읽어나가기 시작했을 땐 만날 수 없는 둘 사이에 편지가 어떻게 전해질까 싶었는데 걱정할 필요가 없었다. 봄이 다 쓴 편지를 여름에게 건네면 여름이 몇 개월 후 가을에게 전해주고, 가을은 다시 자신이 쓴 편지를 겨울에게 건네 봄에게 전해지도록 한다. '춘분이'와 '추분이'도 서로 편지를 주고받는다면 이와 같겠지. 닮은 점과 다른 점을 두루 발견하는 사이 계절처럼 우정도 깊어갈 것이다. 우리가 그러하듯이.

추분이 편지에 적고픈 가을의 소리가 있다면 아마도 풀벌레 소리가 아닐까. 옷깃을 여미게 하는 추위를 느끼며 '이젠 별수 없이 창을 닫아야겠네' 하는 밤이 오기까지 창문을 열어두고 지내는 걸 좋아하는 내게 추분은 자연의 자장가 소리가 깊어지는 계절이다. 지금 사는 집은 산에 면해 있어서 5월부터는 소쩍새 소리가, 여름의 문턱에선 개구리 울음소리가, 그 후로는 매미 소리와 풀벌레 소리가 번갈아 창을 넘어 들어온다. 어쩔 수 없이 조금 울적하게 들리는 소쩍새 소리나 요란스러운 개구리와 매미 소리에 비해, 풀벌레 소리는 평화로운 자장가다. 눈을 감으면 이곳이 도시란 것도 잠시 잊을 수 있다. 어디 유리병 같은 데 담아두었다가 한겨울에도 뚜껑을 열어 들을 수 있다면 좋을 텐데. 요즘은 마음만 먹으면 언제든 유튜브에서 연속 재생되는 풀벌레 소리를 들을 수 있지만, 그렇게 듣는 소리엔 내가 그리워하는 가을이 담겨 있지 않다. 다 휘발되어버린 향기처럼. 풀벌레 소리도 제철일 때, 들을 수 있을 때에 챙겨 들어두는 수밖에.

더위가 한풀 꺾인 후로는 매일같이 저녁 산책에 나선다. 강은 요즘 나와 걷는 게 마치 먹물이(친구가 종종 맡기는 우주 최강 귀여운 강아지)와 산책하는 것 같다고 말한다. 집 앞 산책로에 들어서자마자 내가 앞서 뛰쳐나가 계수나무 아래 떨어진 나뭇잎을 킁킁거리기 때문이다. 분하지만…… 별수 없다. 먹물이에게 '쉬야 존'이 있다면 그곳은 나의 '킁킁 존'이니까. 설

탕을 끓인 것처럼 진하고 달콤한 냄새를 풍기는 계수나무 낙엽. 바닥에 떨어져 말라가는 갈색 잎 하나를 들어 올려 코끝에 대보면 기분 좋을 만큼 달콤한 향이 난다. 매일 맡아도 매일 신기한 냄새.

이 냄새의 원인은 계수나무 낙엽이 부서지면서 방출되는 '말톨maltol'이란 분자. 말톨은 설탕을 태워서 캐러멜을 만들 때 방출되는 분자기도 하니까 달고나를 떠올린 것도 자연스러운 일이다. 계수나무가 영어권에서 캐러멜 트리로 불리는 것도 이 때문. 향기의 정체도, 동글동글한 하트 모양의 귀여운 이파리를 가진 나무가 계수나무란 것도 한 칼럼 덕분에 알게 됐다. 식물 세밀화를 그리는 이소영 작가가 쓴 〈계수나무 향기를 맡으며〉라는 글. 2018년 가을, 한 일간지에 게재된 글을 읽기 전까지 나는 이 향기의 정체를 모르고 살아왔지만(근처에 디저트 가게가 있거나 아이들이 떨어뜨린 사탕에서 나는 냄새일 거라 여겼다), 그 후 6년 동안은 초가을 나무 곁을 지나다 달콤한 향기를 맡으면 '아, 계수나무다!' 하고 알아차리는 사람이 되었다. 그리고 앞으로도 내내 계수나무를 아는 사람으로 살아갈 수 있겠지. 다행한 일이다.

그러고 보면 이 땅 어딘가에는 커다란 계수나무 아래 텐트를 칠 수 있는 캠핑장도 있을까? 있다면 좋겠다. 해마다 이맘때 1년 중 가장 달콤한 캠핑을 떠날 수 있도록.

그럼 별이 뜨고 풀벌레가 우는 밤, 추분을 대신해 춘분에게 편지를 쓸 텐데. 여기에는 가을의 달고나 계수나무와 가을의 자장가 풀벌레 소리가 있다고. 봉투 안에 잘 마른 계수나무 낙엽 하나를 끼워 넣는 것도 좋겠지. 춘분이 어떤 것을 골라서 '봄의 달고나'라고 소개해줄지, 세 계절을 건너올 답장을 기다리는 마음으로.

추분 무렵의 제철 숙제

☑ 바닥에 떨어진 갈색 잎에서 달고나 향기가 나는 계수나무 발견하기

☑ 일몰을 끝까지 지켜볼 수 있는 나만의 '노을 명당' 찾아보기

☑ 밤 산책이 제철, 고궁의 달빛기행이나 별빛야행 일정 알아보기

10월 8일 무렵

찬 이슬이 맺히며
열매가 익는 시기

계절이라는 가장 가까운 행복

한로엔 오래된 산책이 제철

집에 돌아와 씻고 나니 인숙 씨가 보낸 사진이 속속 도착한다. 커다란 바구니 안에 집 앞에서 수확한 사과와 배와 단감이 그득 담겨 있다. 그보다 작은 소쿠리엔 대추가 한가득. 여름내 열매가 저금하듯 차곡차곡 채운 햇볕이 저 안에 다 담겨 있을 것이다. 그러지 않고서야 이리도 속에서부터 빛을 내며 영글었을 수는 없겠지. 시인은 일찍이 그것을 알아보았을 것이다.

저게 저절로 붉어질 리는 없다

저 안에 태풍 몇 개

저 안에 천둥 몇 개

저 안에 벼락 몇 개

　　—장석주, 〈대추 한 알〉

　이 시를 한번 읽어버리고 나면, 다른 말로는 도저히 가을 열매를 표현할 수 없어진다. 말끔한 항복의 기분. 가지마다 커다란 전구를 켜둔 듯한 대봉감 앞에서, 반은 붉고 반은 연두인 대추 앞에서 지난 계절을 들여다보듯 반복해 시구만 읊조릴 뿐. 저 안에 태풍 몇 개, 천둥 몇 개, 저 안에 무서리 내리는 몇 밤, 땡볕 두어 달, 초승달 몇 날…….

　요즘 가을걷이로 한창 바쁠 인숙 씨가 말없이 보내온 사진이 '얼마나 보내줄까'라는 뜻인 걸 알기에, 답장도 보낸다. 사과 다섯 개. 배 다섯 개. 대추 스무 개. 넉넉잡아 말해봤자 어차피 양은 보내는 이 마음대로 정해지리라는 걸 안다. 그걸 누구 코에 붙이냐는 듯 "하이고" 탄식하며 상자가 불룩 솟도록 햇과일을 담겠지. 모레쯤엔 우리 집 현관 앞에 도착해 있을 택배. 그러고 보면 이 계절의 고속도로엔 상자에 담겨 전국 곳곳으로 배달되는 가을이 얼마나 많을는지.

영근 과일을 따고 곡식을 거두어들이느라 분주한 지금은 열일곱 번째 절기인 한로寒露. 밤 기온이 점점 떨어지며 이슬이 서리로 변하기 직전, 이름 그대로 '찬 이슬'이 맺히는 때다. 한로의 이슬은 그동안 뜨거운 볕에 열매를 키워온 나무에게 다음 순서를 알려준다. 이제 안으로, 안으로 맛을 응축시킬 시간이라고. 그러니 가을에 갓 딴 과일을 한 입 베어 물면 먼저 햇볕 알갱이가 싱그럽게 터지고, 다디단 이슬 같은 과즙이 배어나는 것이겠지. 햇볕도 소나기도 장맛비도 천둥도 이슬도 바람도 이 작은 열매 안에 다 들어 있다. 과일 한 알에 세 계절이 담겨 있다 생각하면 겨울을 나게 해줄 힘을 속에 든든히 채워두는 기분이 들기도 한다. 인숙 씨의 택배가 도착하거들랑 이 무렵에만 맛볼 수 있어 더욱 귀한 고향의 사과 '감홍'을 먹으며 나 역시 햇빛을 차곡차곡 저장해두어야지.

그러고 보면 제철 행복은 결국 '이때다 싶어' 하는 일들로 이루어진다. "요즘은 무화과가 제철이야. 이거 먹어보니까 맛있더라." 제철 과일을 챙겨 먹고 누군가에게 부쳐주는 일도, "이맘때 고창 선운사 꽃무릇이 그렇게 예쁘대. 보러 가자" 하면서 지금 가야 가장 근사한 풍경이 기다리는 곳에 함께 찾아가는 일도. 혹은 더워서, 추워서, 비가 와서, 눈이 와서 더 즐겹게 할 수 있는 일들을 찾아서 하는 것도 모두 제철 행복의 목록. 그렇게 생각하면 계절과 날씨에 발맞춰 산다는 게 그리 어렵지 않게 느껴진다. 제철 행복 챙겼어? 하는 말이 언제까지라도 우리들의 다정한 안부 인사가 될 수 있기를.

*

국화꽃이 피고 단풍이 물들기 시작하는 한로는, 예로부터 산에 올라 가을날을 즐기기 좋은 때였다. 풍류를 아는 조상들이 이 계절을 그냥 보냈을 리 없다. 봄의 명절 삼짇날에 이어 한로 무렵 다시 한번 모두가 즐기는 나들이의 날이 찾아오니 '중양절'이다. 조상들은 양수, 즉 홀수가 겹치는 날을 길일로 생각해 음력 1월 1일(설날), 3월 3일(삼짇날), 5월 5일(단오), 7월 7일(칠석) 등을 명절로 삼았는데 특히 한 자리 양수 중 가장 큰 숫자가 겹친 9월 9일 중양절을 대길일로 여겼다.

신라에서는 중양절에 임금과 신하가 모여 함께 시를 짓는 백일장을 열었고, 고려 때는 국가적인 향연을 벌이기도 했다. 조선시대 민가에서는 여름내 고된 농사일을 마친 백성들이 술과 음식을 장만해서 산이나 계곡으로 단풍놀이를 떠났다. 단순히 가을의 정취를 즐기는 것을 넘어 중양절은 한 해의 수고를 위로받는 행사이기도 했던 셈이다.

삼짇날에 푸르게 돋은 풀을 밟으며 산책하는 답청을 했다면 중양절엔 등고登高를 했다. 높을 등登에 오를 고高, 글자 그대로 가까운 사람들과 높은 곳에 올라서 하루를 즐기던 풍속을 뜻한다. 잡귀를 쫓아준다는 붉은색 수유 열매가 든 주머니를 차고 산에 올라가 국화주를 마시며 갓을 산 아래로 던지기도 했는데 이는 무병장수를 기원하는 행동이었다고. 조선의 세시 풍속집《동국세시기東國歲時記》에는 "한양 풍속에 남북의 산에 올라서 음식을 먹고 즐긴다. 이는 등고의 옛 풍속을 답습한 것이다"라는 문장과 함께 서울에서 등고하기 좋은 산들이 열거되어 있다. 지금도 10월에 가을 소풍이나 단풍놀이를 떠나는 건 이런 풍속을 이어온 흔적이지 않을까.

중양절의 풍경을 그림으로 그린다면 빠질 수 없는 것은 국화다. 이 무렵 사방에 피어나기 시작한 국화를 따다가 국화전과 국화떡을 해 먹고 국화주를 마시며 단풍놀이를 했다. 국화를 감상하는 상국賞菊, 술잔에 노란 국화를 띄워 마시는 범국泛菊을 두루 즐기고, 국화잠菊花簪이라는 꽃비녀를 만들어 꽂거나 국화를 말려 속을 채운 베개 국침菊枕을 베기도 했다. 국

화는 그 모양과 꽃잎이 태양을 닮아 있고 예로부터 장수를 상징해서 중양절에 국화주를 마시는 건 장수를 기원하는 의미가 컸다. 다른 꽃들은 서리에 약해 모두 져버리는 계절, 꿋꿋이 피어난 뒤 찬 서리를 맞고도 그 향기와 모습을 잃지 않는 모습에서 선비의 절개를 읽어냈기에 옛사람들이 가까이에 두고 귀하게 여긴 꽃이기도 하다.

과연 10월은 등고하고 국화주 마시는 계절이구나.

조상들이 손가락을 짚어 지정해준 제철 숙제가 있으니 고민할 것도 없이 반갑다. 명절로서 중양절의 전통이야 희미해졌지만, 국화는 때마다 피고 단풍은 올해도 물들 것이다. 국화로 전을 부치고 떡을 해 먹던 정성을 따라 하진 못해도 등고하고 내려와 국화주를 마시는 건 할 수 있겠지.

눈밭을 걸을 때처럼 옛사람들이 먼저 지나간 발자국에 내 발을 포개려면, 아무래도 세월이 깊은 곳에 가는 게 좋겠다. 기둥 하나 돌 하나에도 오랜 역사가 담겨 있는 곳. 그럴 때 고궁이나 성곽 길만큼 좋은 산책로도 없다. 오랜 세월 함께 나이 들어온 나무와 건축물이 어깨를 기대듯 어우러져 있는 곳이니까.

그중에서도 이 무렵 내가 가장 좋아하는 일은 창덕궁 후원에 가는 일이다. 평소엔 해설사의 인솔 아래 정해진 동선으로 관람해야 하지만 매년 봄가을 자유 관람이 허용되는 짧은 기간에는 다르다. 문을 닫는 시간까지 조바심 내지 않고 구석구석을 거닐 수 있고, 후원 곳곳에 깃든 정자에 책들이 비치되어 있어 단풍을 보며 호젓하게 앉아 있을 수도 있다.

처음 이곳에 갔을 땐 서울 한복판에 갑자기 이런 숲이 펼쳐지다니 싶어 놀랐던 기억이 난다. 오솔길을 따라 야트막한 언덕을 넘어서면 연못이 나타나고, 수령 300년이 넘는 나무들이 울창하게 숲을 이루고 있었다. 오래된 나무만 보면 금세 반하고 마는 내게는 갑자기 다른 세계로의 문이 열린 느낌이었다. 해설사의 설명은 더 근사했다. 우리나라 정원의 조경 원리를 예로부터 차경借景, 즉 경치를 빌려왔다 말하는데 가장 좋은 예가 바로 이곳 창덕궁 후원이라고. 조상들이 자연과의 조화를 고려한 건축을 했다는 사실은 알고 있었지만, '경치를 빌려왔다'는 표현엔 훨씬 더 많은 것이 담기는구나 싶었다. 내 것으로, 인간의 것으로 여기지 않고 다만 창틀에, 누대 위에, 계단 끝에 잠시 빌려다 놓은 풍경.

그 속에 앉아 옛사람의 시선으로 눈앞의 풍경을 바라보

고 있으면 자연스레 이곳을 거닐었을 이들을 상상하게 됐다. 네모난 연못과 그 가운데 동그란 섬으로 이루어진 '부용지'에서 왕이 신하들과 시작詩作을 겨루다 정해진 시간 내에 시를 짓지 못한 이가 있으면 연못 가운데 섬으로 유배 보내곤 했다는 얘기를 들었을 때는 더더욱.

시간은 다 되어가는데 시를 마무리 짓지 못한 이의 초조한 마음, 그런 이를 귀히 여기면서도 놀릴 심산으로 (유배라고는 말할 수 없는) 자그만 섬에 조각배 태워 보냈을 왕의 마음, 그때 이곳에 유쾌하게 퍼졌을 웃음소리 같은 것들이 상상되는 것이다. 정조는 일부러 답하기 곤란한 질문을 던지거나 어려운 시제를 제시해 신하를 끝내 조각배에 태웠던 짓궂고도 친근한 왕이었다. 나의 풍류 선배 다산이 종종 정조의 희생양이 되곤 했다니 안쓰럽고도 반가운 기분. 정조는 유난히 다산 놀려먹기를(?) 좋아했고, 다산은 아들에게 보낸 편지에 이렇게 적기도 했다. "오늘도 나는 죽을 뻔하였느니라……."

부용지를 둘러싼 오랜 나무들은 그 풍경도 다 내려다보았겠지. 새삼 한 나라의 수도에 인왕산, 남산, 북한산처럼 등고하기 좋은 산이 병풍처럼 둘러쳐진 것도, 도심 한가운데 호젓하게 걸을 수 있는 궁이 여럿이란 사실도 드물고 귀한 일이란 걸 깨닫는다. 모두에게 열려 있는, 얼마나 다행스러운 유산인지. 오를 수 있는 곳을 오르고 걸을 수 있는 곳을 걸으며 옛사람들의 발자국에 오늘의 발자국을 겹쳐보아야겠다.

바라건대 뭇꽃들이 다 시들어버린 뒤에 피어나 찬 서리를 맞으면서도 지지 않는 국화처럼, 그 모든 유산이 내내 아름답기를. 그리하여 한참 시간이 흐른 뒤에도 나 같은 이가 있어 등고와 시작의 역사를 뒤적여보다가 여전한 그 산과 연못에 찾아가 거닐 수 있기를.

한로 무렵의 제철 숙제

☑ 햇볕과 바람과 이슬이 알알이 담긴 가을 제철 과일 먹기

☑ 등고하기 좋은 주변의 산을 찾아보고 시간 내서 다녀오기

☑ 성곽 길, 왕릉, 고궁, 사찰 등 세월이 오래 쌓인 곳 어디든 걸으며
　그곳에 담긴 옛이야기 찾아보기

244

상강

霜　降

서　내
리　릴
상　강

10월 23일 무렵

서리가 내리고
단풍이 짙어지는 때

기차를 타고 가을의 마지막 역에 도착하는 일

상강엔 마지막 단풍놀이가 제철

가을 절기엔 이슬과 서리를 뜻하는 이름이 셋이나 있다. '흰 이슬' 백로와 '찬 이슬' 한로에 이어 찾아오는 가을의 마지막 절기는 '언 이슬' 상강霜降. 서리 상霜에 내릴 강降, 말 그대로 서리가 내리는 절기다. 낮에는 쾌청한 날씨가 이어지다가 밤 기온이 뚝 떨어지면 공기 중의 수증기가 얼어서 땅이나 풀잎에 엉겨 붙게 되는데 이것을 우리는 '서리가 내린다'고 말한다.

눈이 녹아 비가 되는 우수처럼, 이슬이 서리로 바뀌는 상강은 계절이 크게 바뀌는 시기다. 기온이 어는점 이하로 내려가서 생기는 서리는 겨울 채비를 서두르라는 가을의 마지막 신호. 10분 단위로 맞춰놓은 기상 알람으로 치자면 이제 더는 미적댈 수 없는 마지막 알람이 울린 셈이니 일어나 출근 준비를 하듯 겨울나기 준비를 서둘러야 할 때다.

나무가 잘 자라는 봄에 '내 나무'를 심고, 몸이 더위에 상하기 쉬운 여름에는 틈틈이 쉬어가며 계절에 발 맞춰 살았던 옛사람들에게 서리는 한 해 농사를 마무리 지어야 할 시점을 알려주었다. 자연스레 농부들의 손길은 바빠진다. 이때까지 가을걷이를 끝마치지 못하면 서리에 어는 피해를 입어 농사를 그르치기 때문에 남은 고추와 깻잎을 따고, 늙은 호박과 감, 콩 등을 수확한다. 겨울을 나게 할 밀과 보리 씨를 뿌리는 것도 한로와 상강 사이며, 양파와 마늘도 이때 심는다.

서리라는 알람에 움직이는 건 자연도 마찬가지. 겨울잠 자는 동물들은 땅속으로 들어가거나 보금자리를 마련하기 시작하고, 새들도 활동을 줄인다. 나무 역시 겨울을 준비한다. 일조량이 줄어들고 밤 기온이 떨어지면 나무는 스스로를 보호하기 위해 줄기와 잎 사이에 '떨켜층'을 만들어 잎으로 가는 수분과 영양분을 차단한다. 이때부터 잎의 엽록소는 파괴되고, 엽록소에 가려졌던 다른 색소들이 울긋불긋 드러나는데 그게 우리가 보는 단풍이다. 수분 공급이 멈춘 잎이 완전히 말라서 떨어지기까지는 짧아서 더 아름다운 단풍의 시간. 나무의 '겨울 채비'가 온 산천을 물들이는 광경은 매년 보아도 여전히 신비롭다.

봄의 벚꽃에 비해 단풍은 좀 너그러운 구석이 있다. 벚꽃 명소를 부러 찾아가야 했던 봄과 달리 단풍은 주변을 둘러보면 어디에나 있으니까. 높은 산에서 시작된 단풍이 마을이나 도심까지 내려오면 출근길의 거리에서, 아파트 단지에서, 근린공원에서 단풍 든 나무를 향해 휴대폰을 들어 올리며 한껏 진지해지는 얼굴들을 볼 수 있어서 좋다. 약속이라도 한 듯이 비슷한 폰 케이스를 쓰는 엄마 아빠 연배의 어른들은 일단 사진을 찍어야겠다는 생각이 들면 휴대폰을 덮고 있던 뚜껑부터 활짝 여는데, 그게 꼭 옛날 반짇고리 같은 보물함 뚜껑을 여는 손길 같다. 이걸 담아 가야지, 하면 뚜껑을 열고 잘 그러담은 후에 다시 뚜껑을 닫는다. 가을이 매년 돌아온대도 올해의 단풍을 찍어두지 않을 수 없는 그 마음도 함께 담기겠지.

이 무렵 내가 좋아하는 산책은 위를 올려다보며 하는 산책보다 아래를 내려다보며 하는 산책이다. 뭐랄까, 상강 무렵은 1년 중 아래를 보고 걷는 게 가장 즐거운 때라 해야 할까.

지난 주말에 친구와 친구의 개 '그루'를 만나 서울숲을 산책할 때에도 줄곧 발치를 보며 걸었다. 이토록 아름다운 색깔의 카펫이 깔려 있다니 감탄하면서. 얼마 안 가 스러질 색깔이 아까워서 벤치나 바위 위에 색색의 낙엽을 조르륵 올려놓고 사진을 찍기도 한다. 사람들이 가을 숲에서 기념사진을 남기듯이, 단체 소풍 나온 잎들의 기념사진을 대신 찍어주는 마음으로. 단풍의 색깔은 그해의 기온과 습도에 따라 조금씩 달라지기 때문에 사진첩엔 매번 다른 팔레트의 사진이 남는다.

그중 가장 아끼는 사진은 나무의 발치에 떨어진 낙엽들로 그림자 같은 동그라미가 만들어진 모습. 단풍나무 아래엔 빨간 동그라미. 은행나무 아래엔 노란 동그라미. 목련나무 아래엔 갈색 동그라미. 마치 커다란 우산의 안쪽으로만 낙엽 비가 내린 것 같다. 멀리서 볼 땐 원의 테두리가 선명하게 보여 좋고, 가까이 다가서면 폭신한 융단을 밟는 기분이라 좋다.

소리는 또 어떻고! 가을비가 내려서 눅눅해지기 전, 바싹 마른 낙엽 위를 걸어본 사람은 알 것이다. 단풍마다 색깔이 다른 것처럼 소리도 다르다는 걸. 바삭바삭한 소리가 재미나서 눈밭을 뛰는 강아지처럼 괜히 몇 번 더 왔다 갔다 하고 싶어지기도 한다는 걸. 이 무렵의 은행잎을 두고 "모양새조차 노란 감자칩이 아닌가! 자연스레 지하철 환풍구는 감자칩을 만드는 건조기나 에어프라이어가 된다"(윤고은, 《빈틈의 온기》, 150쪽)라고 말한 문장을 읽어버린 후로는, 떨어진 은행잎만 보면 감자칩, 감자칩, 하며 걷게 됐다. 바삭한 소리를 반복해 들으면 목이 말라오고 홀린 듯 가까운 생맥줏집에 들어서게 되는 건 함정이지만.

올려다보는 단풍의 계절에서 내려다보는 낙엽의 계절까지, 내가 생각하는 숙제는 하나다. 이 가을을 끝까지 써야지. 더 이상 나오지 않는 치약이나 핸드크림의 가운데를 가위로 잘라 마지막의 마지막까지 쓰는 사람답게, 이 계절을 끝까지 쓰고 싶다고 생각하는 것이다. 아까워라, 하는 마음으로.

그런 마음인 게 나만은 아닌지 이맘때면 어김없이 수령이 오래된 은행나무가 있는 마을, 단풍 뷰가 근사한 카페 등이 회자된다. 예전엔 거기 가보지도 않을 거면서 팔짱 낀 마음으로 '단풍 구경은커녕 사람 구경이나 하겠지' 생각하곤 했는데, 요즘엔 가을마다 사람들이 이런 수선을 떨며 산다는 게 조금 귀엽고 애틋하게 느껴진다. 어느 지역의 커다란 은행나무가 유명세를 타면 그리로 가는 국도가 막히고, 단풍 맛집이라는 수목원이나 캠핑장은 예약 창이 열릴 때마다 순식간에 마감되고 만다. 그렇게 다들 가을에 진심인 것, 아름다움 앞에 열심인 것. 그 마음을 헤아리면 이 모든 소동이 극성이 아니라 정성으로 느껴지고 마는 것이다. 성수기가 성수기인 이유는 그때가 가장 아름답기 때문이라는 당연한 사실과 함께. 우리는 저마다의 제철 숙제를 열심히 하고 있을 뿐이다.

올가을엔 지방 강연을 가느라 기차를 탈 일이 많았고 덕분에 창밖으로 상영되는 가을의 풍경을 원 없이 구경할 수 있었다. 기차 여행의 매력은 풍경을 놓쳐버리는 데 있다. 바람에 날려 넘어가는 책의 페이지처럼 팔락팔락, 풍경이 넘어간다. 아무리 아름다운 들녘이나 철새들이 내려앉은 저녁 강을 보아도 내려설 수 없다는 것. 사진을 찍고 위치를 저장해보기도 하지만, '다음'에게 기회를 내어주며 결국 그걸 놓쳐버리는 게 좋다. 어디에 도착하지 않고 이대로 계속 흘러가는 것도 좋겠다 싶다. 끝나지 않았으면 하는 영화를 볼 때처럼.

벚꽃의 계절과는 반대로, 단풍이 끝나가는 늦가을엔 남쪽으로 향하는 기차를 타면 된다. 봄꽃은 남쪽에서부터 올라오고, 단풍은 북쪽에서부터 물들이며 내려가니 그곳에 가면

11월까지도 단풍놀이를 이어갈 수 있다. 그런 식으로 담양의 메타세쿼이아 길이나, 광주의 무등산, 경주의 대릉원에서 다시 만난 단풍은 아름다웠다.

가을을 타는 친구는 단풍이 아름다운 건 잠시뿐, 그 잎이 결국 모두 떨어져 내리는 것을 보면 쓸쓸함이 더 커진다고 했다. 가을의 이미지는 대체로 그런 편이다. 절정에 이르렀던 것들이 쇠락해가는 것을 지켜보는 허망함. 하지만 단풍이 우리 보라고 저리 화려하게 물든 것이 아니듯, 낙엽 또한 쇠락의 이치를 일깨워주려고 떨어지는 것도 아니다. 자연의 시간표에 따라 겨울나기 채비를 하고 있던 나무 입장에서는 좀 어리둥절한 일이 아닐까? 왜들 그런 표정이야? 나 때문에 쓸쓸하다니? 바쁘니까 그런 얘긴 나중에 해. 사람의 입장에서 인생을 읽어내는 것이 아니라, 나무의 입장에서 목생을 생각한다면 나무는 가을의 끝자락에도 여전히 바쁘다.

가을이 쇠락의 계절이 아니라 순환의 계절임을 알려준 건 카렐 차페크였다. 그는 흔히 사람들이 자연의 겉모습만 보고 가을을 끝자락으로 여기지만 실은 한 해의 시작이라고 보는 게 맞다고 말한다. 구근 정수리에 부풀어 오른 싹눈, 낙엽

덮인 땅 밑에 숨겨진 여러해살이풀들의 새싹……. 11월의 땅
에는 다음 봄을 위한 설계도가 이미 완성되어 있다며 그는 이
런 자연의 분주함을 '가게 문을 닫고 셔터를 내렸을 뿐 닫힌
문 뒤에서 새로운 상품을 포장하느라 손이 모자라다'는 탁월한
비유로 설명한다. 그 후로 늦가을에 빈 가지만 남은 나무나 덤
불을 볼 때면, 닫힌 셔터 사이로 새어 나오는 희미한 불빛을 목
격한 듯해 혼자 웃는다.

> 흔히 가을에는 낙엽이 진다고 말한다. 물론 사실이다. 부정하지
> 않겠다. 하지만 보다 깊은 의미에서 가을은 새잎이 싹트는 철이라
> 고 할 수 있다. 잎이 지는 것은 겨울이 찾아들기 때문이기도 하지
> 만, 이미 봄이 시작되어 새로운 싹이 만들어지기 때문이기도 하다.
> […] 지금 해내지 못한 일들은 4월에도 일어날 수 없다. 미래란 우
> 리 앞에 놓인 것이 아니라 지금 여기, 싹눈 속에 자리하고 있다. 미
> 래는 이미 우리 곁에 있다. 지금 우리 곁에 자리하지 않은 것들은
> 미래에도 우리와 함께할 수 없다.
> ──카렐 차페크, 《정원가의 열두 달》, 185~186쪽

가을을 타는 사랑하는 친구에게 나는 카렐 차페크의 문

장을 보내준다. 다음번 산책에서는 단풍과 낙엽이 아닌, 빈 나뭇가지로 시선을 돌려 거기 움튼 아주 작은 시작을 들여다보자고. 낙엽이 진 자리엔 계절의 이어달리기를 하듯이 봄을 품은 잎눈이 이미 자리 잡고 있을 것이다.

지금 내 안에 없는 것은 미래에도 일어날 수 없다. 미래는 이미 다, 우리 안에 있다. 그러니 우리에게도 이 가을은 닫힌 셔터 안쪽에서 봄을 준비하는 시작의 계절일 수 있는 것이다.

상강 무렵의 제철 숙제

☑ 아래를 보며 걷는 단풍 산책하기, 가을의 색감을 모아서 찍어보기

☑ 한 번쯤 보러 가고 싶은 커다랗고 근사한 나무 찾아보기

☑ 막바지 단풍을 보러 남쪽으로 짧은 기차 여행 다녀오기

4부

겨울, 눈을 덮고 잠드는 계절

* * * * * *
입 소 대 동 소 대
동 설 설 지 한 한

입동

立 冬

설 입 　 겨 울 동

11월 7일 무렵

겨울에 들어서며
겨울나기 채비를 하는 때

긴 겨울을 함께 건널 준비를 하자

입동엔 까치밥 닮은 선물이 제철

11월에 들어서면 지난 10개월 동안 내 안의 깊숙한 곳에서 잠자고 있던, 덥수룩한 삽살개 모양의 마음이 눈을 뜬다. 일단 그 마음을 '의뭉이'라고 부르자. 의뭉이는 졸린 눈을 비비고 일어나 척추를 기―일게 늘리며 기지개를 켠다. 그리고 의뭉스러운 눈으로 내 생활 전반을 두리번거리며 말한다.

"아이구, 어느덧 한 해가 다 가버렸네."

(시간관념이 남달리 빠른 편이다.)

"별수 없네. 올해는 여기까지만 하는 걸로."

(의사 결정은 더 빠른 편이다.)

"어디 보자아~ 그럼 이제 두 달 동안 뭘 해야 즐거우려나."

(놀 땐 계획형이다.)

말하자면 의뭉이의 취미는 '별수 없이' 놀거나 쉴 핑계를 찾는 일. 특기는 1년을 자체적으로 10개월로 줄인 다음, 남은 2개월을 방학처럼 여기는 것. 그리고 나는 매해 그런 의뭉이에게 지고 만다. 한 해를 시작할 땐 프로 다짐러의 면모를 보였지만 시간이 지날수록 이런저런 계획과 다짐이 흐지부지되다가…… 11월 1일이 되면 누구보다 빠르게 마음속으로 자체 종무식을 열어버리는 사람, 그게 나다. 자, 한 해 동안 고생했으니 이제 남은 두 달은 방학처럼 보내는 걸로(실제로 그러진 못하더라도 중요한 건 마음가짐이다. 모든 건 마음에 달려 있다는 게 인숙 씨의 40년 묵은 가르침이니까).

내 사정을 봐주지 않는 건 세상으로 충분하다. 연말엔 나라도 나를 좀 봐줘야지. 해내지 못한 일들을 떠올리며 스스로를 나무라는 방식으로 연말을 보낼 수도 있을 것이고, 그럼에도 해낸 일들을 되짚어보며 스스로를 격려하는 마음으로 보낼 수도 있을 것이다. 선택할 수 있다면, 내게 달린 일이라면 언제라도 후자를 택하고 싶다. 창 너머의 저 나무들처럼. 후회나 실망은 가지 끝에 남은 마른 잎처럼 바람에 날려버리고 한결 가벼워진 마음으로 다가올 시간을 준비하면 된다. 물론 일단은 좀 '연말답게' 지내고 나서.

성급하게 연말 분위기를 내는 건 나뿐만이 아니어서 이 무렵 거리와 상점엔 약속이라도 한 듯 이른 크리스마스 장식이 내걸린다. 한 달하고도 스무 날이 더 남았지만 "왜요? 내일 (하고 50일)이면 크리스마스잖아요?" 하는 자세다. 카페에선 캐럴을 틀기 시작하고 엊그제 창고에서 나온 크리스마스트리가 잠이 덜 깬 어리둥절한 표정으로 여기저기 서 있다.

그러니까 11월이 되었다는 건 우리가 연말, 정확히는 한 해의 마지막 날을 도착지로 한 기차에 방금 올라탔다는 소식. 차창 밖으로 주마등처럼 스쳐 지나는 한 해의 시간을 바라보며, 종착역에 다다르기까지 조금 이른 축배를 들고 싶어지지 않는지. 의뭉이와 내가 이런 식으로 손을 맞잡고 짝짜꿍할 무렵에 찾아오는 입동은, 그런 의미에서 느리지도 빠르지도 않다. 와야 할 때가 언제인지를 알고 온 얼굴이다.

겨울에 들어선다는 뜻의 입동立冬은 11월 7일 무렵이다. 상강과 소설 사이, 겨울의 초입이라지만 예년 기온을 훌쩍 웃돌며 따뜻할 때가 많다. 절기를 살피다 보면 기후 변화에 대한 생각을 하지 않을 수 없다. 전해져오는 기록과는 다른 날씨, 더 이상 이 계절의 물상으로 말하기 어려워진 것들. 이 때문에 절기를 구시대의 유물처럼 여기는 이도 있지만, 반대로 생각하면 절기야말로 기후 변화의 지표가 되어준다. 추워야 할 때 덥고 더워야 할 때 춥다면, 경칩에 개구리 울음소리가 들리지 않고 추분에 눈이 내린다면 그건 우리에게 위기를 알려주는 신호일 것이다. 내가 겪는 계절이 옛사람들이 겪은 것과 크게 다르지 않기를, 절기는 그 감각을 잊지 않고 살아가게 해준다.

어제는 약속 장소를 향해 걷는데 커다란 플라타너스 낙엽 한 장이 자꾸만 나를 앞서 걸었다. 보도블록 위에서 바람이 불 때마다 내 보폭만큼 앞으로 밀리듯 나아가니, 낙엽을 앞지르겠다고 뛸 수도 없고 누가 보면 꼭 플라타너스잎의 길 안내를 따라가는 사람 같았겠지. 본격적인 낙엽의 계절을 맞아 거리나 공원엔 낙엽을 모아둔 자루들이 하나둘 늘고 있다.

저 자루 안에 가을이 다 담겨 있는데. 빛나던 가을이 몇 개의 자루가 되었다는 사실이 믿기지 않아 마술사의 손바닥을 살피는 아이처럼 나무 아래를 괜히 서성대기도 한다.

가지 끝에 막바지 단풍이 남아 있는 나무들도 눈에 띈다. 비 한 번 내리면, 어느 날 갑자기 기온이 영하로 떨어지면, 올해 단풍도 끝이겠지. 보내는 입장에서야 아쉽지만, 나무의 입장에서는 차분히 겨울을 맞을 준비를 하는 것뿐이다. 마른 잎을 다 떨어뜨림으로써 수분과 영양분 소모를 최소로 줄인 채 겨울을 나는 것이다.

입동은 나무들처럼 사람도 겨울나기 준비를 해야 하는 때다. 옛사람들에게 농사를 짓지 못하는 겨울은 식량이 부족해질 수밖에 없는 계절이었기에 여러 가지 방법을 동원해 겨우내 먹을 식량을 저장했다. 가장 큰 겨울나기 행사는 김장이었다. 입동이 지나면 싱싱한 재료가 없어지고 추워서 일하기가 어려워지므로 온 마을 사람들이 모여 김장을 했다. 그 외에도 무청은 말려서 시래기를 만들고, 감을 깎아 처마 아래 주렁주렁 곶감을 매달고, 생선을 바람에 말리거나 소금에 재워 상하지 않게 보관하기도 했다. 긴 겨울 동안 쓸 땔감을 마련해 마루 아래 차곡차곡 쌓아두고, 겨울바람을 버텨주길 바라며 창호지를 덧발랐다. 이 모든 준비는 추위가 이미 닥쳐온 후에 하면 늦는 것들. 그렇게 입동에는 부지런히 움직여 미리 겨울을 준비하던 마음이 서려 있다.

분주한 틈에도 조상들은 눈보라가 몰아치면 먹을 것을 구하기 힘들어질 새들을 잊지 않았다. 감을 수확하며 일부러 새들이 먹을 것을 몇 개쯤 남겨두는 마음, 산천이 꽁꽁 얼어붙었을 때 가지 끝에 남은 열매가 요긴하게 쓰이길 바란 마음. 그런 마음이 있어 '까치밥'이라는 이름이 붙고, 여태 그 이름이 전해지고 있는 건 따뜻함이 유전되고 있다는 뜻이겠지.

요즘은 많이 잊힌 풍속이지만 '치계미雉鷄米'라는 경로잔치를 열기도 했다. 추위에 약한 어르신들이 건강하게 겨울을 나길 기원하며 마을 사람들이 십시일반 내놓은 재료로 음식을 만들고 작은 선물을 대접했다. 치계미는 한자 그대로 풀이하면 꿩과 닭과 쌀이다. 원래 사또의 밥상에 올릴 반찬값으로 쓰일 뇌물을 뜻하다가, 경로잔치를 위한 추렴의 의미로 바뀐 것이다. 추렴은 저마다 형편껏 하는 데 의미가 있었고, 여기에 살림을 보태기 어려운 이들은 도랑에 숨은 살진 미꾸라지라도 잡아 추어탕을 대접했는데 이를 '도랑탕 잔치'라 불렀다.

변변한 난방시설도 없고 식량도 부족해 제 한 몸 건사하기에
도 어려운 겨울을 나면서, 새들의 끼니를 걱정하고 나이 지긋
한 이웃의 건강을 챙겼던 마음. 애초에 이 겨울을 같이 건너
야 할 식구라 여기지 않았다면 그럴 수 있었을까?

절기로부터 배우는 것을 좋아하는 나는, 입동이 우리에
게 알려주는 건 아무래도 혼자가 아니라 '함께' 겨울을 건널
준비를 하라는 말 같다. 까치밥도, 치계미도 모두 앞으로 닥쳐
올 추위에 대비해 주변을 둘러보던 마음씨. 그래서 입동 이후
로는 내가 만들어낼 수 있는 온기를 생각하며 틈틈이 연말 선
물을 사 모은다. 이 무렵의 거리는 그 자체로 커다란 크리스마
스 선물 상자 같다. 가게마다 선물하기 좋은 상품들을 내놓고
포장도 특별하게 해주니 괜히 마음이 부푸는 계절.

이제 곧 바쁘게 사느라 연락이 뜸했던 지인들과 해가 가
기 전에 모이자는 얘기를 나누겠지. 겨울은 지난 계절 동안
흩어져 살던 우리를 한자리에 모이게 하니까. 옷깃을 여민 채
로 걸음을 서둘러 어딘가에 도착하고, 문을 열자마자 두리번
거리다가 손을 들어 반가움을 표시하고, 찬바람 묻은 외투를
벗으며 마침내 마주 앉아 웃기까지, 다행히도 아직 시간이 남

아 있다. 약속 시간 전에 급하게 뭐라도 가져갈 것을 찾는 사람이 되지 않으려고, 겨울나기 채비만큼이나 선물 준비도 미리미리 해둔다.

예로부터 하선동력夏扇冬曆이라 해서 '여름 부채, 겨울 달력', 즉 철에 맞는 선물을 하는 것은 우리 민족의 중요한 풍속이었다. 제철 선물을 챙기는 것도 바람직한 후손의 자세. 1년 중 양말을 가장 귀엽게 신을 수 있는 이 시기를 놓쳐선 안 된다. 산타나 루돌프가 수놓여 있거나 작은 귀(!)가 달려 있는 양말을 아무렇지 않은 척 신을 수 있는 짧은 시즌. 귀엽고 포근한

양말은 주고받기 부담도 없으니 발견할 때마다 쟁여두고, 장갑이나 목도리는 내내 따뜻하길 바라는 마음으로, 일력이나 연력은 새해를 응원하는 마음으로 사둔다. 소품 가게에서 '이건 누가 봐도 ○○이 것이잖아!' 하는 것을 발견하면 일단 바구니에 담고, 결국 뻔한 말만 쓰게 될 엽서도 공들여 고른다.

　여행이 끝나갈 때쯤 몇몇 얼굴을 떠올리며 여행지에서 선물을 하나둘 사서 가져오는 것처럼, 입동 무렵 거리를 걷는 나는 늘 그런 마음이다. 양말을 꺼낸 순간 웃음을 터뜨릴 얼굴을 그려본다. 머리맡에 램프를 켜두고 잠들 친구를 상상한다. 지금 내가 미리 사두는 건 미래의 기쁨인지도. 살 수 있는 기쁨이라면, 기쁨을 돈으로 살 수만 있다면 매해 얼마든지 미리 사두고 싶다. 마침내 다 같이 모여 앉은 날, 나만 준비해 온 줄 알았는데 다들 "아니 이거 진짜 별거 아닌데……" 하며 주섬주섬 뭔가를 꺼내는 장면은 또 얼마나 애틋한지.

별것 아닌 마음은 전해지는 순간 별것이 된다. 마른 감나무 가지 끝에 매달린 까치밥은 멀리서 보면 꼭 오렌지색 전구를 켜둔 것 같다. 한겨울에도 꺼지지 않는 전구 하나 켜둔 마음으로 한참 이른 연말 선물을 고른다. 모든 선물의 꽃말은 하나. 이걸 보고 네 생각이 났다는 말.

입동 무렵의 제철 숙제

☑ 다가올 연말 모임을 위한 선물 틈틈이 사두기

☑ 올해 남은 두 달 동안 하고 싶은 일, 만나고 싶은 사람 적어보기

☑ 감나무 가지 끝에 달린 다정한 마음, 까치밥 찾아보기

소설

小 雪
작을 눈
소 설

11월 22일 무렵

첫눈이 내리고
얼음이 얼기 시작하는 시기

겨울 속에 어떤 즐거움을 심어둘까?

소설엔 별게 다 좋은 마음이 제철

어젯밤엔 정확히 11시 37분에 틈새라면을 끓여 먹었다. 이게 다 드라마에 라면 먹는 장면이 나와서다(그때 참는 사람은 뭘 해도 될 사람인데, 나는 자주 안될 사람이 되고 만다). 소파의 양쪽 끝에 누워 있던 강과 나는 화면을 뚫고 나오는 후루룩 하는 소리에 "간식?" 소리를 들은 개처럼 동시에 고개를 들어 서로를 쳐다보았고 대답은 그것으로 충분했다.

야밤에 끓여 먹는 라면에는 '에라 모르겠다' 하는 순간의 산뜻한 포기와 명랑한 기대가 동시에 담겨 있어서 좋다. 거실에 고인 매운 공기도 뺄 겸, 젓가락으로 들어 올린 면발도 탱

글탱글 식힐 겸 창문을 살짝 열어두고 라면을 먹기 시작했다. 호로록호로록. 김 서린 안경을 벗으려다가 무심코 강의 얼굴을 보았는데……

"뭐야, 왜 이렇게 행복한 표정을 하고 있어?"

"꼬들한 면발에 차가운 공기……! 아, 여름이었으면 이렇게까지 안 행복했을 거야."

진심으로 행복해하는 얼굴에 어이가 없어서 웃다 보니 정말 그랬다. 이건 겨울에만 있는 기쁨이지. 쨍하게 맑은 겨울밤, 창문을 넘어 들어오는 찬 공기, 잘 끓여 면발이 살아 있는 라면, 삼박자가 두루 맞아떨어졌을 때만 느낄 수 있는.

한밤의 라면이 한결 맛있어졌다면 겨울이 다가왔다는 것. 입동 뒤에 오는 소설^{小雪}은 겨울로 들어서며 첫눈이 내리고 얼음이 얼기 시작하는 절기다. "초순의 홑바지가 하순의 솜바지로 바뀐다"는 속담이 말해주듯이 날씨가 점점 추워지는 때. 강한 서리가 내리고 나면 땅 위의 풀들은 대부분 죽어버리고, 마지막으로 가지 끝에 매달려 있던 이파리도 찬바람에 떨어진다. 그래도 아직은 11월. 한낮의 햇볕은 온기를 품고 있어서 옛사람들은 소설을 '소춘^{小春}'이라 부르기도 했다. 작은 눈에 이어 작은 봄이라니, 두 손 안에 오목하게 담을 수 있는 절기 같아 이런 날엔 겨울 속에 있는 작은 기쁨에 대한 이야기로 우리 사이에 모닥불을 피우고 싶어진다.

얼마 전 사람들과 함께 모여 겨울철 제철 행복에 대해 얘기할 기회가 있었다. 《시간이 있었으면 좋겠다》(잠비, 2023) 연말 에디션과 함께 만든 '나를 위한 시간 달력' 워크숍 자리였다. 달력 앞부분에는 봄, 여름, 가을, 겨울 사계절로 나눠 '나만의 제철 행복'을 적어보는 칸을 마련했는데, 그동안 혼자서만 해오던 것을 여럿이서 하고 싶어 만든 페이지였다. 각자 빈칸을 채워보기로 하고 5분 남짓한 시간을 가졌다. 북토크나 워크숍에서 내가 제일 좋아하는 시간이다. 고단한 얼굴로 이곳에 들어섰던 사람들이 저마다 좋아하는 것을 떠올리며 골똘해지는 모습을 보는 게 좋다.

그날 사람들이 나눠준 겨울철 제철 행복의 목록들. 이불 속에 고치를 틀듯 들어가서 좋아하는 영화 보기. 12월의 제철 음식인 단팥죽 찾아 먹기. 고속터미널 꽃시장과 소품 상가에 가서 크리스마스 분위기 물씬 느끼기. 따끈한 국물 요리가 생각나는 계절이라 훠궈를 자주 먹으러 다닌다는 분에게는 서울 3대 훠궈 맛집 정보를 나눠 받았고, 텀블러에 덥힌 술을 넣고 덕수궁 돌담길을 걷는다는 분의 비밀스러운 고백엔 다 같이 웃었다. 기분은 점점 노곤해지는데 아무도 억기 담긴 게 술인 걸 몰라서 좋다고. 그런 방식으로 산책을 해본 적은 없어서 오호라, '겨울엔 텀블러에 따뜻한 술 담아서 걷기'라고 노트에 적어두었다.

겨울이 시작된 순간부터 자신이 만나는 모든 트리, 모든 눈사람을 찍어서 인스타그램 스토리 하이라이트로 한 땀 한 땀 모은다는 분도 있었다. 남의 기록 얘기에 언제나 눈을 빛내는 나는 '그래, 뜨개질은 못해도 박음질은 할 수 있지!' 싶어서 올겨울 그렇게 기록해보고픈 주제를 각자 찾아보자고 권하기도 했다. 그러고 보면 좋은 순간을 SNS에 촘촘히 모아두는 행위를 가리켜 '박음질'이라 부르는 것 자체가 삶에 대한 은유 같다. 그런 별것 아닌 순간들이 모여 오늘과 내일을 바느질하듯 이어주니까.

역시 제철 행복은 나눌수록 즐거워진다. 무엇보다 이 계절 안에만 있는 작은 기쁨들에 대해 얘기할 때, 우리가 모두 웃는 얼굴을 하고 있어서 좋다. 봄날의 벚나무 아래에 선 사람들처럼, 여름의 해변에 흩어져 앉은 사람들처럼. 삶을 지탱해주는 건 거창한 이벤트가 아니라 일상 속 소소한 기쁨이라는 사실을 다시 한번 마음에 새긴다. 사소한 것들은 실은 그 무엇도 사소하지 않다는 사실도 함께.

그러니 낮에는 작은 봄이라 부르고, 밤에는 작은 눈이라 부르고 싶은 소설엔 올겨울에 챙기고픈 작은 기쁨에 대해 하염없이 얘기해도 좋겠다. 겨울이 시작되기 전, 숲 곳곳의 낙엽 아래에 나만 아는 도토리를 숨겨두는 다람쥐들처럼. 긴 겨울을 건너는 동안 틈틈이 꺼내 먹을 즐거움을 미리 떠올리고 준비해두어야 한다.

찬바람이 불기 시작하는 순간부터 기다리게 되는 건 따끈따끈한 김을 내뿜는 길거리 간식들이다. 이사 온 동네에서 이맘때 내가 가장 기다리는 건 타코야키 트럭. 지난겨울 아무런 기대 없이 사 먹었다가 겉은 바삭하고 속엔 큼지막한 문어 조각이 들어가 있어 단번에 내 맘속 타코야키 순위 꼭대기를 차지하고 만 그것. 경기도 아파트 단지의 푸드 트럭들은 요일을 정해서 마을을 순회하기에 내게 겨울의 금요일은 타코야키 아저씨를 기다리는 날이다. 어렸을 적 맛있는 간식을 두고 잠든 날이면, 자다 깨서도 내일 그것을 먹을 설렘에 아침이 기다려지곤 했는데. 행복이란 게 결국 딱 그만큼인 것 같다. 아

무리 작더라도 내일을 기대하게 만드는 요소. 소풍 전날에 떠올리는 김밥처럼, 겨울의 문턱에서 떠올리는 길거리 간식들도 그렇다.

일반 붕어빵보다 조그매서 온통 바삭한 미니 붕어빵은 잘 팔지 않으므로 수레가 보이면 (배가 부르더라도) 꼭 사 먹어야 한다. 편의점 호빵 기계에서 방금 꺼낸 호빵, 종이에 기름이 배어 나오게 싸주는 호떡도 빼놓을 수 없다. 군밤과 군고구마는 수레에서 장작 타는 냄새와 함께 만나야 더 반갑다. 장작 연기와 노릇노릇 고소한 냄새가 뒤섞여 코로 먼저 느끼는 겨울의 맛.

찬바람 부는 거리에서 모락모락 김을 뿜는 수레나 트럭을 발견하는 건 얼마나 반가운 일인지. 그 옛날 밤의 산길을 헤매던 사람이 멀리 주막의 등불을 발견한 기분이 꼭 이랬을 것 같다. 겨울 간식을 외투 가슴팍에 넣어 돌아올 때면 말 그대로 '가슴이 뜨거운 사람'이 된 것 같다. 눅눅해질까 봐서 종이봉투 끝을 살짝 열어둔 채로 걷다가 횡단보도에 멈춰 서면 코끝에 간질간질 올라오는 훈기. 발견하고, 주문하고, 기다리고, 계산하고, 잰걸음으로 돌아와 따끈함을 한 입 베어 무는 그 모든 과정이 겨울 간식의 기쁨이다.

그러므로 겨울이 시작된다는 건 곧 올겨울 '첫 ○○'이 앞으로 생긴다는 얘기. 첫눈만큼이나 그 모든 지음을 기다리게 된다. 올겨울 첫 붕어빵, 첫 군밤, 첫 타코야키, 첫 호떡을 만나게 되겠지. 그게 뭐라고 갑자기 주머니에서 마이크를 꺼내 든 사람처럼 채팅방이나 SNS에 외치게 되는지 모르겠다. "올겨울 첫 붕어빵 개시!" 생각해보면 별게 다 좋은 사람이 제철 행복을 누리는 데도 유리한 법이다. 김 서린 유리창에 발바닥을 그리고 웃는 사람, 새로 산 수면양말이 보드라워서 웃는 사람, 방금 떼어 먹은 붕어빵 꼬리가 바삭해서 웃는 사람.

*

간식만으로 겨울을 나기엔 아쉬우니까 때로는 조금 욕심 낸 행복도 갖고 싶어진다. 누군가 겨울 제철 음식이 뭔지 물어오면 나의 대답은 늘 '방어회에 한라산(오르는 산이 아니라 마시는 산)'이다. 중요한 건 앞에 '제주에 가서 먹는'을 붙여야 한다는 것. 잡지 에디터로 일하던 어느 해 겨울, 취재를 위해 제주 사는 친구에게 한라산 눈 소식을 묻다가 의식의 흐름에 따라 우리의 대화는 "아, 한라산 마시고 싶네" "나도" "ㄱㄱ?"에 이르렀다. 간헐적으로 솟아나는 무모함이 등을 떠민 끝에 어느새 나는 제주행 비행기에 몸을 싣고 있더라는 얘기. 비행기 꼬리쯤에 있는 자리를 찾아 앉으니 이게 무슨 일인가 싶어 웃음이 났다. 평소라면 하지 않을 짓을 하고 있는 자신을 발견하고 문득 헛웃음이 나오는데 또 그러고 있는 내가 좋기도 할 때, 묘한 흥분과 신남은 덤이다. 그래, 우동 먹으러 일본 가는 사치는 못 부려도 제주에 방어 먹으러 가는 정도야 할 수 있지.

"굳이 방어 먹으러 제주에? 서울에도 파는 데 많은데." 그런 말이 떠올랐다면 넣어두시길. 여기서 포인트는 '굳이'에 있으니까. '굳이데이'의 창시자인 뮤지션 '우즈'도 말하지 않았던가. 낭만을 찾으려면 귀찮음을 감수해야 한다고. 사는 거 뭐 있나. 제철 음식 찾아 굳이 거기까지 가서, 굳이 줄을 서고, 마침내 고대해온 음식을 앞에 두고 이 계절을 기념하듯 잔을 부딪치는 그런 거지. 한겨울 방어 먹으러 모슬포에, 늦겨울 새조개 먹으러 천수만에, 이른 봄 도다리쑥국 먹으러 통영에 '굳이' 가는 그때야말로 비로소 제철을 아는 어른의 세계에 진입한 기분이 든다. '산지가 바로 맛집'인 제철 음식을 먹겠다는 일념으로 귀찮음의 여정에 몸을 싣는 사람만이 제철 낭만을 누릴 자격을 얻는 법. 효율 같은 것만 따져서는 한 번뿐인 인생이 팍팍해진다. '언제까지 낭만 타령이나 할 거냐'는 말에는 '평생'이라는 답을 미리 준비해둔다.

나만 아는 기쁨의 목록을 가지고 그 목록을 하나하나 지워가면서 하나의 계절을 날 때 다른 숙제는 필요 없을 것이다. 그러고 보면 겨울이란 계절은 여행지 같다. 긴 여행을 떠나는 사람처럼 틈틈이 준비물을 챙기고, 도착해서 하고 싶은 일들을 자꾸 적어두게 되는 걸 보면.

소설 무렵의 제철 숙제

☑ 나만의 '겨울철 작은 기쁨의 목록' 적어보기

☑ 눈사람, 트리 등 만날 때마다 찍어서 모아두고픈 주제 찾아보기

☑ '굳이' 먹으러 가고 싶은 겨울 제철 음식에 무엇이 있나 살펴보기

대설

大雪

클 눈
대 설

12월 7일 무렵

큰 눈이 내려
보리를 포근하게 덮어주는 겨울날

눈은 보리의 이불, 우리의 오랜 기쁨

대설엔 눈사람 순례가 제철

　　밤새 눈이 소복이 내린 마을, 카메라가 눈 쌓인 대나무 숲과 까치 둥지와 담벼락과 장독대를 차례차례 비춘다. 처마 밑에 매달린 고드름에선 물이 똑똑 떨어지는 가운데, 빨간 조끼 차림의 할머니가 싸리 빗자루를 들고 나와 골목길의 눈을 쓴다. 그 위로 눈송이처럼 한 줄 한 줄 내려오는 시.

사박사박 / 장독에도 / 지붕에도 / 대나무에도
걸어가는 내 머리 위에도 / 잘 살았다 / 잘 견뎠다 / 사박사박
　―윤금순, 〈눈〉

"잘 견뎠죠. 잘 견뎠으니까 이렇게 눈도 쓸고 살죠."

전남 곡성의 시골 마을에서 시 쓰며 살아가는 할머니들을 그린 다큐멘터리 〈시인 할매〉의 시작 장면이다. 한글 이름 석 자 제 손으로 적는 게 소원이었던 할머니들은 모진 세월 다 견뎌내고 나서야 글을 배웠다. 관공서 서류에 또박또박 이름을 적게 되었을 때, 버스 옆구리에 적힌 행선지를 읽을 수 있게 됐을 때, 달력 뒷면에 문득 띠오른 기억을 적었더니 그것이 '시'라는 답을 들었을 때 할머니들의 마음은 어땠을까. 거기까지 생각이 이르면, 화면 속에서 내리는 눈이 지난 세월에 대한 하염없는 대답 같다. 잘 살았다. 잘 견뎠다. 사박사박.

다큐멘터리를 본 지 몇 해가 흘렀지만, 지금도 겨울이 오고 첫눈이 내릴 때면 떨어지는 눈송이에 금순 할머니의 시가 겹친다. 첫눈이 한 해 동안 고생한 우리의 머리를 쓸어주는 손길이라 생각하면. 올해도 잘 살았다, 잘 견뎠으니까 이렇게 눈도 보고 산다, 말해주는 미더운 격려라고 생각하면. 옆구리로 고개를 들이미는 강아지처럼 저 커다란 눈의 손길 아래 몸을 내맡기고 싶어지는 것이다.

소설 뒤에 찾아오는 대설大雪은 말 그대로 큰 눈이 내리는 절기. 우리나라의 경우 대설보다 늦은 1월에 눈이 많이 오는 편이고 지구온난화로 눈을 보기 힘든 해도 있지만, "오늘은 절기상 대설입니다"라는 말을 들으면 어김없이 눈을 약속받는 기분이다. 물론 첫눈이 시간을 정해두고 찾아오진 않는다. 어느 해에는 11월 초중순에 이르게 오기도 하고, 어느 해에는 대설을 한참 지나서 내리기도 한다. 1973년부터 지금까지 첫눈이 가장 빨리 내린 날은 1981년 10월 23일이었고, 가장 늦게 내린 날은 1984년 12월 16일이었다고 한다. 첫눈이란 모름지기 언제 올지 몰라 더 기다리게 되는 존재.

"눈 온다!" 하늘에서 나풀나풀 떨어지기 시작한 눈송이를 발견한 순간, 우리는 온다고 말한다. "눈 내린다!" "눈이다!" 하는 말보다 더 자주. 와야 할 이가 드디어 오는 것처럼, 기다리고 있는 줄도 모른 채로 기다린 사람처럼. 첫눈 앞에서 실랑이 아닌 실랑이를 하게 되는 순간도 좋다. "난 쌓여야만 첫눈이야." "그런 게 어딨어, 내린 걸 봤으면 첫눈이지!" '첫눈다운 첫눈'의 기준이 제각각 달라서 매년 이런 대화를 반복한다는 게. 사무실이나 카페에서, 방금까지 사분기 실적이 어떻고, 요즘 금리가 어떻고 하는 얘기를 나누던 어른들을 갑자기 천진하게 만들고 마는 대화.

물론 첫눈에도 '공식'은 있다. 서울의 첫눈은 종로구 송월동에 위치한 서울기상관측소에서 겨울 들어 처음으로 눈(目)으로 본 눈(雪)이 관측되어야 공식 기록되고 발표된다. 한 해의 첫눈을 목격해야 하는 막중한 책임을 진 사람의 어깨는 얼마나 무거울까. 찾아보니, 서울기상관측소에서는 낮엔 두 명, 밤엔 한 명으로 이루어진 기상관측 요원들이 365일 눈(目)으로 기상정보를 살펴 첫서리, 첫얼음, 첫눈, 벚꽃 개화 시기 등을 확정해 발표한다고 한다. 계절의 문지기처럼 서 있는 관측자들이 있으니 마음 놓고 잠들어도 될 것 같은 기분. 내일 아침 눈을 떴을 때 창가에 번진 희부연 빛을 느끼고 '눈 왔구나!' 하며 기쁘게 일어난다면 좋겠다.

대설과 관련해 내가 제일 좋아하는 속담은 "눈은 보리의 이불"이라는 말. 가을에 심은 보리는 언 땅에서 겨울을 나는데, 눈이 보리밭을 도탑게 덮어주면 보온 효과가 생겨서 보리가 냉해를 입지 않고 잘 자라기에 생긴 말이다. 예로부터 대설에 눈이 많이 내리면 이듬해 풍년이 든다고 믿었던 것도, 이무렵 오는 눈을 상서로운 눈이라는 뜻의 서설瑞雪로 불렸던 것도 그래서다.

"호랑이 담배 피우던 시절"부터 시작해 의인화를 남달리 좋아했던 조상들은 이런 속담을 주고받으며 마주 웃기도 했을까. 겨울의 언 땅 아래서 눈을 이불처럼 덮고 누운 보리를 떠올리면 귀여움을 감출 수가 없다. 눈이 많이 내린 해에는 몸을 묵직하게 누르는 솜이불을 덮은 것 같고, 눈이 드문 해에는 '올해는 이불이 좀 얇네' 싶겠지. 눈이 내리긴 했지만 금세 해가 나서 다 녹아버린 날에는 '뭐야, 이불 구경만 했네!' 싶기도 할까. 보리의 입장에서는 그해 내리는 눈이 새로 장만한 겨울 이불 같을 거다. 이 무렵 우리가 겨울 이불을 개시하고 '난 폭삭폭삭 가벼운 이불이 좋아' '난 극세사 이불!' 하며 두런두런 이불 취향을 나누듯이. 이불을 덮으면 우리는 꿈을 꾸는데, 눈을 덮은 보리의 꿈은 매번 봄이었으려나.

혹독한 겨울을 나는 자연의 많은 것들에게 눈이 이불 역할을 한다는 건 절기와 계절을 들여다보면서 새삼 알게 된 사실이다. 맨몸으로 겨울을 나는 산천의 애벌레들도 낙엽 위 따뜻한 눈 이불 덕분에 겨울 동안 죽지 않고 살아남을 수 있다. 눈은 겨울의 언 땅 아래에서 봄을 기다리는 씨앗들이 얼어 죽지 않도록 보온 효과를 준다. 기온이 오른 날, 쌓인 눈이 햇볕에 녹으면 겨우내 목말랐을 씨앗들에게 말 그대로 '생명수'가

되어주기도 한다. 한반도의 겨울철은 건조하고 강수량이 적어 옛날엔 식수조차 부족할 정도였는데 눈이 내려 사람은 물론 수분을 필요로 하는 동식물에게 생명수가 되어주었으니 '서설'로 불릴 수밖에. 눈이 오지 않으면 겨울 가뭄의 피해가 심각해지는데 보리, 양파, 마늘처럼 땅속에서 겨울을 나는 작물에게만 피해를 주는 게 아니라 물이 부족해져 봄 농사에도 치명적이기 때문이라고. 그러니 얼어붙을 도로와 질퍽해질 골목길 걱정에 눈이 반갑지 않을 때마다 보리를 떠올려보는 건 어떨까. '아, 또 눈이야……' 싶을 때면 재빨리 생각을 바꾸는 것이다. '보리는 따뜻하겠네' 하고.

어렸을 적 학교에서 처음으로 눈 결정에 대해 배웠을 때가 생각난다. 바깥으로 나가 직접 살펴보자는 선생님 말에 우르르 눈 쌓인 화단에 다가가 돋보기를 가져다 댔을 때, 조그만 얼음 알갱이 속에 꽃이 들어 있어서 얼마나 놀랐는지. 그날 눈길을 밟아 집에 돌아오는 길은 느리고 조심스러웠다. 꽃잎을 다 바스러뜨리며 걷는 듯해서. 그렇게 귀하게 여기고 오면 반가워 소리치던 것을 어른이 되었다고 갑자기 싫어할 수야 없는 것이다.

나의 바람 중 하나는, 언제까지라도 눈을 반가워하는 사람이고 싶다는 것. 500번째 보는 눈 앞에서도 여전히 낡지 않은 기쁨을 느끼면 좋겠다. 함박눈이 펑펑 쏟아지는 날, 눈사람을 만들려고 장갑을 끼는 할머니이고 싶다. 함께 있는 이가 뜨악한 얼굴로 "눈사람?" 하고 되묻는다 해도, 목마르니 물 찾는다는 표정으로 "눈 내렸으니까 눈사람 만들어야지" 답해야지. 그건 함박눈 내리는 날마다 달려 나가던 어린 시절부터 쭉 이어온 숙제. 어른이 되어 더 이상 하지 않게 된 일이 많지만, 그런 숙제 하나쯤은 내내 지키고 살아도 좋지 않을까.

*

재작년 겨울까지는 침실 옆에 작은 테라스가 딸린 집에 살았다. 눈이 오는 날이면 현관문을 나서지 않아도, 새시 문만 열고 나가서 데크에 내린 눈으로 눈사람을 만들 수 있어서 좋았다. 잠옷 차림으로 쪼그려 앉아 주방에서 가져온 까만 콩으로 눈도 만들어주고, 화분의 말라버린 나뭇가지를 꺾어 웃는 입도 만들어주고, 테라스로 넘어온 낙엽 하나 모자처럼 얹어주면 어엿한 눈사람이 됐던 기억. 그치지 않는 눈을 보며

유리창 안쪽에서 따뜻한 커피를 마시다가 손에 든 게 와인이
되고 집에 남은 위스키가 되고 하던 밤.

눈 내린 이튿날 바깥세상은 눈사람 전시장이 따로 없다.
이런 날의 숙제는 이미 정해져 있다. 우리 동네 눈사람 순례
나서기. 사람 따라 손재주 따라 모양도 제각각, 같은 눈사람
은 하나도 없다는 사실이 신기하게 여겨진다. 카페 창틀엔 커
피콩을 눈으로 붙인 눈사람이 나란히 앉아 있고, 고전적으로
당근을 코로 삼은 커다란 눈사람도, 나뭇잎 바이올린을 연주
하는 눈사람도 보인다.

하나하나 감상하며 걷다 보면 눈사람이 말없이 말해주
어서 좋다. 이 골목길에, 이 산책로에 하얗고 동그란 마음을
가진 이웃이 함께 살고 있다고. 이걸 만든 이는 어제 나와 같
은 마을버스를 타고 피곤한 얼굴로 손잡이에 기대 서 있거나
편의점 문 앞에서 서로를 스친 사람일 수도 있을 것이다. 고단
했던 그이도 아마 눈사람을 만드는 동안에는 어린 얼굴로 돌
아갔겠지. 보지 못한 장면을 상상하며 하얀 입김이 사라질 때
까지 동네를 걷는다.

"눈 오면 뭐 할 거야?"

대설은 서로 그런 계획을 묻기에 좋은 계절. 그 질문엔 눈 내리는 날 이왕이면 네가 행복하기를 바란다는 마음이 담겨 있으니까. 어느 겨울엔 눈이 오기 시작했을 때 바로 버스를 잡아타고 종묘에 간 적 있다. 천천히 종묘를 한 바퀴 돌고 창경궁에도 갔다. 소나무 위로 기와 위로 내려앉은 눈을 보며 걷는데, 오늘 반드시 와야 할 곳에 제대로 찾아온 것 같아 기뻤던 기억이 난다. 그날 생각했다. '눈 오네! 거기 가야겠다' 하고 바로 떠올릴 수 있는 장소를 하나쯤 품고 살아가고 싶다고. 눈이 내리면 목적지가 생기는 사람. 그 사람은 눈 내리는 날 높은 확률로 행복해지는 사람일 것이다.

눈이 내리지 않는다면 눈을 만나러 가는 것도 특별한 여행이 된다. 나 역시 겨울마다 함박눈이 펑펑 내리는 숲속에 서 있고 싶다고 생각한다. 아직 한 번도 만나지 못한 행운. 소담하게 지어진 한옥 숙소에서 내리는 눈을 하염없이 바라보고도 싶다. 도시에 살면서 잃어버린 채 사는 감각 중 하나는 '눈 내리는 소리'를 들을 수 있다는 것인데, 두꺼운 털옷을 입고 툇마루에 앉아 있으면 마당에, 장독대에, 대나무 숲에, 사락사락 눈 내리는 소리가 들리겠지.

친구들과 근처 맥줏집에 앉아서 술을 마시는 동안에도 눈은 계속 내렸다. 내가 가장 좋아하는 조합은 다음과 같다. 눈. 해산물. 운하. 맥주. 친구. 이 중에서 두 개만 동그라미를 칠 수 있어도 대단한 행운인데(몇 년 전 홋카이도 오타루에 갔을 때, 나는 다섯 개에다 모두 동그라미를 칠 수 있었다) 그날은 네 개까지 가능했다. 새벽까지 눈에 두 번 동그라미를 칠 만큼 많은 눈이 내렸고 서울의 교통은 마비됐다. 결국 나는 홍대 앞에서 폭설에 고립되는 행운을 맞은 것이다.

—김연수, 《지지 않는다는 말》, 70쪽

겨울과 눈 하면 나는 어김없이 이 문장을 떠올린다. 내가 좋아하는 다섯 가지의 조합을 자꾸 고쳐 써보기도 하고, 몇 개에 동그라미를 칠 수 있나 상상하기도 하면서 눈 내리는 날 하고 싶은 일을 떠올려보는 것이다. 가장 최근의 업데이트는 이렇다.

눈. 눈사람. 꼬치집. 생맥주. 강.

다음번 '눈' 내리는 날이 오면, 반가워하며 창밖을 내다보다가 이내 장갑을 끼고 나가서 '눈사람'을 만들어야지. 내일이 길을 지나갈 누군가를 반드시 웃게 만들 눈사람. 손도 발도 꽁꽁 시려올 무렵엔 동네 단골 '꼬치집'에 가서 늘 먹던 꼬치 세트에 '생맥주' 두 잔을 시킬 것이다. 물론 나의 오랜 술친구 '강'과 함께. 창 너머 그치지 않고 내리는 눈을 보며 금순 할머니의 시를 들려주어야지. 겨울이 오기까지 너도 나도 참 잘 살았다고.

그런 밤엔 다섯 개에다 모두 동그라미를 칠 수 있겠지.

이보다 완벽한 눈맞이 계획은 없겠다.

대설 무렵의 제철 숙제

☑ 눈 오는 날 가고 싶은 곳, 하고 싶은 일 계획 세워보기

☑ 눈 내리는 소리를 들을 수 있는 숙소 찾아보기

☑ 운 좋게 눈이 온다면 우리 동네 구석구석으로 눈사람 순례 나서기

동지

冬至

겨울 동 이를 지

12월 21일 무렵

한겨울에 이르러
밤이 가장 길어지는 날

긴긴밤, 돌아보면 좋은 순간들도 많았다고

동지엔 '김칫국 토크'가 제철

새해를 열흘 남짓 앞두고 연중 밤이 가장 긴 날, 동지冬至가 찾아온다. 해가 동지선(남회귀선)에 도달한 이날은, 밤의 길이가 가장 긴 동시에 태양 빛이 비스듬히 비추어 1년 중 그림자의 길이가 가장 길어지는 날. 달력에 그리 중요하지 않다는 듯 작은 글씨로 '동지'라고 쓰여 있는 걸 보았을 땐 그냥 넘기다가도, 이런 사실을 떠올리면 하루가 새삼스러워진다. 한낮에 점퍼 주머니에 손을 넣고 걷다가 겨울나무의 그림자와 내 그림자를 번갈아 바라보며 '아, 오늘은 그림자가 가장 긴 날이지' 생각하기도 하고, 해가 저물고 어둠이 내리면 '1년 중 가장 긴 밤이 시작됐구나' 생각하기도 한다.

　옛사람들은 밤이 가장 긴 동지를 어떻게 받아들였을까.
동서양을 막론하고 이날은 해의 생일, 정확히는 해가 부활한
날로 여겼다. 긴긴밤 해가 기운이 쇠해 마치 죽은 듯이 보이지
만 이침은 어김없이 오고, 동짓날을 기준으로 짧아졌던 낮이
길어지기 시작하기에 이날을 기점으로 '해가 죽었다가 다시
태어난다'고 생각한 것이다. 고려시대에는 동짓날을 '만물이
회생하는 날'이라고 여겨 고기잡이와 사냥을 금하기도 했다.

　동지는 한 해의 매듭이었으므로 24절기 중 가장 큰 명절
로 여겼다. 해의 움직임을 기준으로 계절을 가늠한 옛사람들
에게 진정한 새해의 시작은 해가 죽었다 살아나는 동지부터
였다. 《동국세시기》에 따르면 민간에서는 동짓날을 '작은 설'
이라고 불렀다. 해가 부활하는 날이니만큼 마땅히 설 다음가
는 대접을 받은 것이다. "동지를 지나야 한 살 더 먹는다" "동
지팥죽을 먹어야 진짜 나이를 한 살 더 먹는다" 말해온 것도
이렇게 동지를 중요하게 여긴 데서 유래한 말이다. 묵은 것을
깨끗이 정리하고 새로 시작하기 위해 옛사람들은 동짓날 빚
을 청산하고 서로 맺힌 일이 있으면 풀기도 했다.

동지를 한 해의 시작으로 보았기에 조선시대 궁궐에서는 천문과 지리를 담당하던 기관 '관상감'에서 새해 달력을 만들어 임금에게 올렸다. 책 형태로 만들어진 달력이라 하여 이를 '동지책력冬至冊曆'이라 불렀다. 임금은 여기에 서적을 배포할 때 사용하던 '동문지보'라는 어새를 찍어 관리들에게 나눠주었고, 관리들은 다시 친지들에게 나눠주었다. 책력에는 앞으로 1년 동안의 날짜뿐만 아니라 24절기, 주요 명절, 기후와 그에 따른 변화, 때마다 일상에서 하면 좋은 일과 하면 좋지 않은 일이 빼곡히 적혀 있었다. 우리가 달력이나 스케줄러를 참고하듯 옛사람들은 이 동지책력을 길잡이 삼아 한 해를 어떻게 보낼지 계획을 세웠던 것이다. 요긴한 지침서이자 귀중한 선물 대접을 받으면서 조선 초기에 1만 부 정도 펴내던 것이 후기에는 30만 부 이상 펴냈을 정도로 쓰임이 늘어났다고 한다.

'동지팥죽' 역시 새해의 안녕을 기원하는 풍습이었다. 밤의 길이가 가장 긴 동지에는 음의 기운이 강해 귀신의 활동이 왕성하니, 붉은색을 띤 팥죽을 쑤면 밝고 따뜻한 양의 기운을 받아 집 안의 잡귀를 몰아낼 수 있다고 믿은 것이다. 팥죽을 쑤면 먼저 사당에 올리고, 방구석이나 장독 등 집 안 곳곳에 놓아두었다가 팥죽이 식으면 모두 모여 앉아 나눠 먹었다. 삶을 방해하는 귀신과 액운을 쫓고 깨끗한 새 마음으로 한 해를 시작하고자 했던 희망찬 절기가 동지였다.

탱자나무 울타리가 있는 시골집에 살던 어린 시절엔 동짓날 할머니의 지휘 아래 팥죽을 쑤곤 했다. 기억 속에서 젊은 할머니는 여러 번 치댄 반죽을 큰 덩어리로 만들어 나눠주었고 그럼 오빠와 나는 조막만 한 손으로 양은 쟁반 위에서 하염없이 그걸 굴려 동글동글한 새알심을 빚었다. 완성된 팥죽 위에 동동 떠오른 새알심은 꼭 눈 뭉치를 닮아 금세 녹아 사라질 것 같았는데. 검붉은 팥죽은 밤을, 하얀 새알심은 해를 뜻하는 것으로 검은 밤에서 해가 부활하는 것을 상징한 절기 음식이었다는 사실은 다 크고 나서야 알았다.

새알심은 팥죽에 나이 수대로 넣어 먹는 거라 해놓고선 늘 대충 분배됐던 것도 기억한다(하긴 내가 일곱 개 먹는 건 일도 아니지만 어른들이 쉰 개씩 어떻게 먹었겠나 싶다). 팥죽을 먹어야 한 살 더 먹는 거라 하니, 빨리 나이 먹고 싶어 욕심을 내기도 했었지. 지나간 추억이라 그런 것인지, 실제로 팥죽에 의미를 부여하던 마지막 시대를 살아 아련하게 여기는 건지 모르겠지만 따뜻한 기억임은 분명하다. 동글동글 새알심을 빚고 따끈한 팥죽 앞에 둘러앉아 긴긴밤을 보냈던 그때가.

24절기 속에는 풍경이 들어 있어서 좋다. 달력에 적힌 숫자에는 없는 것. 절기 이름을 들으면 봄날 진달래 화전을 부치는 풍경도 보이고, 봄비 내리는 들판의 풍경도 보이고, 가마솥을 휘휘 저어 끓이는 팥죽도 보인다. 여름밤의 소쩍새 소리가 들리고, 단풍 든 나무에 서리가 내린 아침도, 초겨울의 소슬한 바람도 느껴진다. 벽에 걸어두고 바라보는 달력이 없던 때에도 옛사람들에게는 24절기라는 마음으로 그려보는 달력이 있었던 셈이다.

동지의 여러 전통이 희미해진 지금이지만, 우리도 이 무렵엔 동지책력을 나눠 갖는다. 새해 다이어리를 고르고 내년에 쓸 달력이나 일력을 들이는 때니까. 서점에 가면 오늘날의 책력 앞에서 마치 다가올 시간을 고르기라도 하는 것처럼 고심에 고심을 거듭하는 얼굴들을 보게 된다. 책상 앞에 창문을 내듯이 걸어두고 싶은 달력을 신중하게 살피고, 새로운 날들의 새로운 이야기를 적어 내려갈 다이어리를 집었다 내려놓길 반복하는 일. 연말마다 새해의 모양을 곰곰이 그려보는 시간을 가진다. 그건 다시 한번 힘을 내보겠다는 다짐.

혼자서 기운을 내는 게 쉽지 않다면 모여 앉으면 된다. 새해가 열흘 남짓 남은 이 시점은 중요하다. 막연히 '내년엔 더 좋을 거야!' 여겼던 기간 한정 희망이 점차 사그라들기 시작하므로, 이때 필요한 건 두 가지. 올해를 축하하기. 내년을 희망하기. 언젠가부터 축하와 희망의 동지제를 열고 있는 나는 곧잘 송년회 테이블 위에 이런 화제를 올린다.

"올해 좋았던 일 하나씩 얘기하자!"

연말은 그러라고 오는 거니까. 보고 싶었던 얼굴들 보며 한 해의 좋았던 일들을 떠올리고 새로운 해를 응원해주라고. 듣는 사람의 역할은 하나, 아무리 작고 사소한 것이어도 무조건 축하해주기. 처음엔 쭈뼛대지만 한 사람, 두 사람 자기 이야기를 시작하면 다들 곰곰이 생각하는 얼굴이 된다. 올해 무슨 일이 있었더라. 뭐 하면서 즐거웠지? 내가 무슨 일을 해냈지?

"나 이제 자유형 25미터 한 번에 간다? 김물개의 시대가 열렸달까."

"그런 식이면 나도 있어. 지난주에 요가 어깨서기 성공함!"

"난 파리 다녀온 거. 그 추억으로 6개월을 살았어."

일만 하다가 한 해가 다 간 것 같고, 기념할 만한 일이 좀체 없었던 것 같지만 얘기하다 보면 알게 된다. 돌아보면 좋은 순간들도 많았다는 걸. 예고 없이 슬픈 일이 찾아오기도 하지만 기다리면 다시 웃는 일도 생기는, 그게 삶이기도 하다는 걸. 나중엔 우리 집 고양이가 드디어 점프해서 안방 문을 열게 되었다거나, 마침내 부침개를 잘 뒤집게 되었다거나, 오늘 여기 오는 길에 모든 버스가 딱딱 맞춰서 도착했다는 것까지 별걸 다 축하받고 싶어 하는 지경에 이른다.

웃으며 한 해를 돌아봤다면 이제 고개를 들어 미래를 볼 차례다. 이것을 '김칫국 토크'라 부른다. 어느 해 연말에 기본 안주로 나온 김칫국을 떠먹다가 시작된 이 전통은, 새해를 떠올리며 말만으로도 기분 좋아지는 '김칫국 마시는 소리'를 하는 게 전부다. 사실 속담 속의 김칫국은 동치미를 뜻하지만 지금 그게 중요한가! 이웃에서 떡을 하면 '우리 집에도 갖다주겠지~' 하며 룰루랄라 김칫국을 꺼내놨던 성격 급한 조상들처럼 미래의 떡을 당당하게 기다리면 된다. 포인트는 동치미 국물처럼 시원하게 말하는 데 있다. 절대 겸손하지 말 것, 조심스럽게 말을 고르지도 말 것. 이미 이루어지기라도 한 듯 약간의 쑥스러움과 설레발을 고명처럼 올려주는 게 좋다.

　　3년 전의 나는 김칫국 앞에서 이렇게 말했다.

　　"아, 이번 책…… 베스트셀러가 되고 말았어."

　　친구는 바통을 이어받아 말했다.

　　"내 뉴스레터 보고 무려 ○○에서 연락이 왔어."

　　나머지 한 친구도 넙죽 김칫국 드링킹.

　　"이직 성공! 연봉 높여서 금융치료 제대로 함. 집에서 너무 멀어서 그게 걱정이야."

　　정말 걱정스러운 미간을 보며 우리는 동시에 웃음을 터뜨렸다. 연말이 좋은 이유는 분위기에 휩쓸려서라도 희망하는 사람이 될 수 있어서. 좋아하는 사람들과 모여 앉아 좋았던 일과 좋아지고 싶은 일에 대해 떠들다가 목이 쉬어버리는 날에, 나는 문득 잘 살고 있다고 느낀다. 다시금 기운 내 살아보려고 하는 마음을 느낀다. 잠긴 목소리로 귀가하면 강이 "뭐가 또 그렇게 신났었어?" 하고 묻는데 뭐가 또 그렇게 신났었는지를 자세하게 얘기하다가 목이 더 쉬어버리는 겨울밤. 혼자서는 부족하고 함께 있어야만 완성되는 동지제.

저마다의 기대를 아무렇지 않게 꺼내놓고 돌아가며 얘기해볼 수 있는 건 1년 중 이때뿐이다. 속으로만 빌었던 소원, 이런 게 될 리 없지 여기며 희망하기도 전에 체념했던 일, 안 이루어지면 민망할까 봐 혼자만 품고 있으려 했던 꿈도, 동짓날엔 꺼내보자. 그런 얘기들은 크기에 상관없이 우리 마음을 기대게 해주니까. 동지는 기대에 기댈 수 있는 날.

1년 중 가장 긴 밤이 시작됐으니, 누군가의 이야기가 좀 길어지더라도 여유를 가지고 들어줄 수 있겠지. 우리가 품은 희망의 목록이 그런 식으로 자꾸자꾸 길어져도 좋겠다. 내일이면 해처럼 새로 태어나서 맞는 첫 아침일 테니까.

동지 무렵의 제철 숙제

- ☑ 올해 좋았던 일을 하나씩 얘기하며 서로 축하해주기
- ☑ 말하는 것만으로 기분 좋아지는 '김칫국 토크' 이어가기
- ☑ 새해의 이미지로 삼고 싶은 일력·달력·연력 나에게 선물하기

소한

小　寒

작을　찰한
소

1월 5일 무렵

작은 추위 속
겨울 풍경이 선명해지는 때

겨울이 문을 열어 보여주는 풍경들

소한엔 탐조와 겨울눈 관찰이 제철

동지와 대한 사이에 있는 소한小寒은 '작은 추위'라는 뜻이지만 우리나라에서는 '큰 추위'인 대한보다 추울 때가 많다. 절기 명칭이 대륙성 기후의 영향이 큰 중국 황하 유역을 기준으로 한 것이다 보니 한반도 기후와 딱 들어맞지 않는 경우도 있는데, 대표적인 것이 소한과 대한이다. 그래서 예로부터 조상들은 이를 빗댄 속담들을 만들었다. "대한이 소한 집에 놀러 갔다가 얼어 죽었다"는 말에선 대한이의 명복을 빌게 되고, "소한이 대한의 집에 몸 녹이러 간다"는 말에서는 그래 그런 방법도 있는데 대한이는 왜 그랬을까! 싶어지기도 한다.

寒찰한 자를 가만히 뜯어보면 날이 차서 집 안에서도 떨면서 몸을 움츠리고 있는 사람의 모양. 얼음(冫)이 언 계절에 지붕 아래(宀) 이불도 없이 풀(艸)을 깔고 자니 추위를 견디기가 어려운 모습을 형상화한 글자다. 변변한 난방시설도 없던 시절, 옛사람들은 혹한을 어떻게 견뎠을까? 폭설이 자주 내리는 지방에서는 눈이 쌓여 바깥출입이 어려워질 것에 대비해 땔감과 음식을 집 안에 넉넉히 보관했다. 날씨가 추울 때 약을 만들면 좀이 슬지 않아 위생적이어서 민가와 궁궐에서는 여러 가지 약을 만들기도 했다. 혹한을 버틸 지혜를 모으고 대비책을 마련하며 남은 겨울을 보낸 것이다.

어렸을 때 소한 무렵은 겨울방학이라 학교에 가지 않아도 되니 마냥 즐거웠다. 바깥이 아무리 꽁꽁 얼어가는 계절이어도, 어린이라면 모름지기 '오늘 치 즐거움'을 찾아내기 마련. 처마 끝에 매달린 고드름을 따서 한 번 휘두르면 부러질 게 뻔한 칼싸움을 하거나 얼어붙은 빈 논에서 썰매를 타고, 아빠가 만들어준 방패연이나 가오리연을 날리곤 했다. 분명 내가 다 겪은 일들인데 어째서 지금 떠올리면 전해 들은 옛날이야기 속 풍경 같을까. 그때야 겨울이니 당연히 이런 것을 하며 지낸다고 생각했지만 크고 나서야 알았다. 그것 역시 계절과 날씨가 만들어준 놀이였다는 걸. 얼음이 꽁꽁 얼어 잘 녹지 않을 때였기에 썰매를 탈 수 있었고, 밀도 높은 북풍이 세차게 불 때라 힘들이지 않고 연을 띄울 수 있었다. 겨울이기에, 혹한이기에 가능했던 제철 놀이. 이젠 고드름 보기도 힘들고 썰매를 탈 일도 좀처럼 없지만, 겨울의 즐거움에 풍덩 뛰어들었던 유년을 지나 겨울에만 볼 수 있는 아름다움을 눈여겨보는 어른의 시절에 접어들었다고 말하고 싶다.

겨울은 새로이 보는 계절이다. 거기 원래부터 있었지만 무성한 꽃과 잎에 가려져 있던 것들, 때로는 내가 보려 하지 않아 못 보고 지낸 것들을. 이 무렵의 자연을 두고 흔히 스산하고 볼 것이 없다고들 하지만 채워져 있지 않아서, 여백이 생겨서 비로소 볼 수 있게 되는 것들도 많다.

겨울만이 보여주는 풍경이 있다는 걸 알게 되면 겨울 숲을 걷는 걸음도 느려진다. 잎이 다 떨어진 덤불 사이로 지난 계절에 쓰인 빈 둥지를 발견하기도 하고, 겨울에도 가지 끝에 새빨간 열매들이 달려 있어 새들의 귀한 먹이가 되어주고 있다는 걸 알게 된다. 오솔길이 드러날 만큼 숲이 비었다는 건 나뭇가지 사이로 올려다보는 하늘이 그만큼 넓어졌다는 이야기. 잎이 무성할 때는 어둑했을 숲의 구석구석까지 겨울의 햇살이 깊게 들어온다. 한 해 중 겨울이 되어서야 비로소 볕을 쬐는 한 뼘 땅과 바위와 어린나무가 있을 것이다.

몇 걸음 떨어져서 보면 나무 제각각의 전체적인 생김새, 수형樹形이 어느 때보다 잘 보인다. 가까이 다가서면 거칠게 갈라진 것부터 매끈한 것까지, 흰색부터 푸른색까지 수피樹皮의 모양과 색이 저마다 다르다는 것도 알게 된다. 이렇게 생긴 나무였구나. 꽃도 신록도 단풍도 없는 겨울나무를 오래 바라보는 사람은 드물지만, 겨울이야말로 나무의 본모습을 제대로 볼 수 있는 계절이다. 세 계절을 알고 지낸 뒤 이제야 속마음을 조금 터놓는 친구 같다고 할까. 그래서 겨울이면 나무와 천천히 친해지는 기분이다.

지난해부터 눈여겨보게 된 것은 나무의 겨울눈이다. 나무가 다음 봄을 대비해 돌돌돌 말아서 고이 포장해둔 꽃과 잎. 이름 때문에 겨울에 만들어진 것으로 오해받지만, 겨울눈은 나무가 늦봄이나 여름부터 차근차근 준비해둔 미래다. 이듬해 봄에 무엇이 되느냐에 따라 꽃눈, 잎눈, 혼합눈으로 구분되는데 보통 꽃눈이 동그랗고 잎눈은 길쭉한 편. 겨울눈의 단면을 확대 촬영한 사진을 처음 보았을 때 손톱만 한 동그라미 안에 꽃잎과 새순이 겹겹이 포개져 있어서 놀랐던 기억이 난다. 정말 이 안에 봄이 다 들어 있구나. 작디작은 겨울눈이 열려 싱그러운 이파리가 되고, 아름다워 멈춰 서게 만드는 꽃송이가 된다니. 겨울 숲이 메마르거나 잠들어 있는 게 아니라는 건 겨울눈만 보아도 알 수 있다. 매 순간 식물에게 소중하지 않은 시간은 없다는 사실도.

겨울눈 관찰의 또 다른 즐거움은 저마다 다르게 차려입은 외투를 들여다보는 데 있다. 추위를 견디기 위해 사람만 외투를 입는 것이 아니라, 겨울눈도 외투를 입는다. 백목련의 겨울눈은 연회색 빛깔 보드라운 털 코트를 입고 있고, 함박꽃나무의 겨울눈은 가죽 코트를 입은 멋쟁이인가 하면, 벚나무나 느티나무 겨울눈은 얇은 옷을 여러 겹 입는 '히트텍' 선호파다. 겨울눈을 감싸며 나중에 꽃이나 잎이 될 연한 부분을 보호하는 비늘 조각을 '아린芽鱗'이라 부른다. 볕이 따뜻해지면 겨울눈은 아린을 한 꺼풀씩 벗으며 봄을 맞을 채비를 한다. 그 모습이 마치 두꺼운 털옷에서 스웨터로, 스웨터에서 얇은 카디건으로 사람들의 옷차림이 바뀌는 것을 닮아 있다.

숲을 벗어나 개천에 접어들면 다음 페이지를 넘긴 것처럼 풍경이 바뀐다. 겨울은 사계절 중 '발자국'이 가장 잘 보이는 계절. 가끔 골목길 바닥에서 시멘트가 마르기 전에 찍힌 개나 고양이의 발자국을 발견하곤 하는데, 겨울은 아예 눈이라는 하얀 도화지를 깔아두고 기다린다. 날아와서 내려앉고, 총총총 뛰어가고, 걷다가 다시 날아오르기도 하는 누군가의 발자국이 그대로 새겨지기를. 눈 내린 뒤 산책을 나서면, 얼어붙은 개천의 눈밭 위로 어김없이 새의 발자국을 발견할 수 있다. 어떤 것은 크고 어떤 것은 작고 어떤 걸음은 여럿이고 어떤 걸음은 홀로다. 아직 발자국을 보고 새를 구분할 정도는 안 되지만, 겨울의 도장이라 생각하며 사진을 찍어둔다. 언젠가 발자국 주인의 이름을 구분해 부를 수 있는 날도 오겠지.

소한은 초보 탐조인에게 너그러운 절기다. 풍경이 비어 있는 만큼 새들의 사소한 움직임도 쉬이 눈에 띈다. 숲에서는 그동안 나무가 잎을 펼쳐 숨겨주었던 새들의 모습이 가지 사이로 드러난다. 물가에 찾아온 겨울 철새들을 보기도 쉽다. 작업실 창가에서 요즘 가장 자주 목격하는 것도 새들의 궤적. 개천의 상류로 이동하는 백로나 왜가리, 떼 지어 날아가는 오

리들, 1월에 들어서며 둥지를 짓느라 부쩍 분주해진 까치들이 시선을 잡아끈다.

새를 궁금해하기 시작하면서 세상에 알고 싶은 소리가 더 늘어났다. 캠핑장에서 들려오는 딱따구리 소리를 구분하고 싶어졌고, 아침마다 창문을 넘어 들어오는 각양각색 새소리의 주인공들이 누군지도 궁금해졌다. 원래 거기 존재하던 것들을 이제야 알아챘다. 나이 들어가며 새로이 보게 된 풍경이 있고, 비로소 듣게 된 소리도 있다. 겨울눈이 그렇고 새소리가 그렇다. 이제 막 발을 들여놓으려 하는 미지의 세계. 자연 앞에서는 아직 모르는 것이 많다는 사실이 낙담이 아닌, 알아갈 것이 이토록 많다는 기대로 바뀌니 신기한 일이다.

이런 식으로 눈과 귀를 기울이다 보면 겨울만이 보여주는 풍경엔 또 뭐가 있을까 싶어 주변을 살피게 된다. 어느 시절에든 변치 않는 제철 숙제는 '이 계절에만 볼 수 있는 풍경'이 무엇인지 알아채고, 적어두고, 언젠가 가보려 마음먹는 것. 이맘때 춘천 소양호에 안개가 끼면 생기는 '상고대'가 정말 아름답다는 얘기를 전해 들은 후로 겨울마다 그곳을 떠올린다. 상고대(한자 같지만 순우리말이다)는 공기 중 수증기나 안개가 나뭇가지에 달라붙어 생기는 현상으로, 이미 쌓인 눈꽃 위에 더해지면 나무를 더없이 아름답게 만든다. 하지만 여러 조건이 갖춰졌을 때 드물게 나타나는 데다 해가 뜨면 금세 사라져버린다. 겨울이 품고 있다가 잠시만 문을 열어 보여주고 이내 닫아버리는 풍경인 셈이다.

새들을 위해 전봇대와 전깃줄을 없앤 순천만에 가서 흑두루미들이 일제히 날아오르는 모습도 보고 싶고, 영상으로만 구경한 가창오리 군무도 직접 보고 싶다. 눈 내린 한라산에도 오르고 싶다. 한라산 정상에 올라보는 게 소원이었는데 이젠 허리가 아파서 가보지 못하게 되었다는 아빠의 말을 들은 후로, 그것은 두 사람분의 소원을 이루는 숙제가 되었다. 그냥 이런 것들을 적어둔다.

겨울이 허락해야만 볼 수 있는 것들, 언젠가 꼭 가닿고 싶은 풍경에 무엇이 있는지. 그 목록은 해마다 하나둘씩 늘어나 자꾸 길어지고 좀처럼 줄어들지 않지만, 보지 못한 것을 그리워하는 기분도 나쁘지 않다고 생각하며 내가 볼 수 있는 '오늘의 겨울'을 본다. 어떻게든 오늘 치 즐거움을 찾아내 계절 속에 풍덩 뛰어들었던 어린 시절처럼.

창 아래 숲에는 눈 내린 자리로 오솔길이 뚜렷하고, 오늘도 까치들은 둥지에 쓸 가지를 모으느라 부주하다. 쌓인 눈이 다 녹기 전에 산책을 나서야지. 개천의 눈밭 위로 누가 새로운 발자국을 남겨두었는지 보고 올 것이다.

소한 무렵의 제철 숙제

☑ 빈 가지만 남은 나무에 숨겨진 봄, 겨울눈 찾아보기

☑ 눈이 쌓여 있는 장소에 남겨진 새 발자국 찾아보기

☑ 겨울이 허락해야 볼 수 있는 제철 풍경에 무엇이 있는지 알아보기

대한

大寒

클 찰
대 한

1월 20일 무렵

큰 추위가 찾아오는
한 해의 마지막 절기

내가 나여서 살 수 있는 삶이 있다면

대한엔 겨울 아지트가 제철

북극권에 속한 나라에서는 겨울철 매일의 일기예보에 일조시간이 중요한 정보로 언급된다는 얘기를 들은 적 있다. 우리나라에서는 일조시간을 상세히 예보해주진 않기에 신기한 마음에 귀 기울였던 기억이 난다. 하긴 왜 안 그렇겠는가. 일조시간이 점점 짧아지다가 동지 무렵엔 하루 종일 지평선 위로 해가 뜨지 않는 극야極夜 현상이 나타나거나 해가 잠깐 나타났다가도 이내 사라져버리는 곳들. 지구상에서 가장 긴 겨울밤을 보내야 하는 사람들은 어제보다 일조시간이 얼마나 늘었는지, 내일은 얼마나 더 늘어날 예정인지 귀 기울이며 기다릴 것이다. 분명히 오고 있는 봄을. 창밖으로 자비 없는 눈보라가 휘몰아치고 있어도, 매일 조금씩 일조량이 늘어난다는 건 봄이 가까워지고 있다는 신호일 테니까.

"동지 지나 열흘이면 해가 노루 꼬리만큼씩 길어진다"는 우리 속담도 아마 비슷한 마음에서 생겨났을 것이다. 해가 조금씩 길어지기 시작한 것을 맞춤하게 표현하고 싶은데 마땅한 것을 찾지 못하다가 근래 본 것 중 가장 짤막한 깃, 노루 꼬리를 떠올린 것은 아닐까? 절기별 속담에 대해 알아가다 보면, 옛사람들과 먼 시간을 건너 대화를 나누는 기분이 든다.

혹한 속에서 봄을 기다리는 마음은 '구구소한도^{九九消寒圖}'라는 풍속에도 담겨 있다. 양수 9를 길하게 여긴 조상들은 동짓날로부터 아흐레가 아홉 번 반복된 날, 즉 81일째 되는 날에 따스한 봄이 온다고 여겼다. 하여 동짓날 흰 종이에 매화 81송이 혹은 매화 꽃잎 81개를 그려 창문이나 벽에 붙여놓고 그다음 날부터 하루에 하나씩 색칠해나갔다. 흐린 날은 매화 위쪽을, 맑은 날은 아래쪽을, 바람 부는 날에는 왼쪽을, 비가 오는 날에는 오른쪽을, 눈이 오는 날에는 한가운데를 칠했다니 매일의 날씨를 가늠하며 꽃잎 한 칸만큼의 희망을 키워갔을 마음이 느껴진다. 긴 겨울 동안 봄을 기다리는 마음을 하

루 한 송이에 담아 색칠해나가다가 마침내 81개가 모두 칠해
진 날, 창문을 활짝 열고 봄을 맞이했다. 그림 속에서 막 꺼낸
듯이 피어 있는 창밖의 진짜 매화를 바라보면서. 동짓날로부
터 81일째 되는 날은 3월 12일 혹은 13일쯤, 뜰 안의 양지 바
른 곳에 매화가 피어나는 경칩 무렵이다. 이보다 운치 있는 봄
맞이 풍속이 또 있을까. 완성된 매화도에는 동지로부터 봄이
될 때까지 81일간의 날씨가 표시되어 있으니, 그해 농사를 점
치고 날씨를 예측하는 데 쓰기도 했다.

　큰 추위를 뜻하는 대한大寒은 24절기의 마지막 절기다. 옛
사람들은 대한이 지나면 겨울이 끝나는 것으로 생각했다. 대
한의 마지막 날을 절분節分이라 하여 그해의 마지막 날로 여기
고 그날 밤을 '해넘이'라고 부르며, 지난해 귀신이 따라오지
못하게 방이나 마루, 문에 콩을 뿌려 쫓아내고 이튿날 절기상
새해인 입춘을 맞이하는 풍습이 있었다. 지금은 양력 1월 1일
을 새해 출발점으로 삼지만, 절기로 보면 대한의 마지막 날이
한 해의 끝이고 입춘일이 새해의 시작인 셈이다.
　아무리 혹독한 추위가 들이닥친 겨울이어도, 대한이 지
나면서 삭풍의 기세는 한풀 꺾인다. "대한 끝에 양춘陽春 있다"

는 속담은 가장 큰 추위의 고비만 넘기면 결국 볕이 내리쬐는 봄이 올 거라는 뜻. 무더위의 절정이었던 대서 뒤에 입추가 오듯이, 혹한의 절정은 곧 겨울이 끝나감을 알려준다. 대한 무렵부터 낮 기온이 자주 영상에 머무르고 최저기온도 조금씩 올라간다. 봄을 향해 천천히 움직이기 시작한 열차처럼.

　머지않아 겨울이 끝날 거라는 걸 아는 사람이 마땅히 해야 하는 일은 겨울 안에 잘 머무르는 일. 먼지 쌓인 다락방에 올라가 삼촌이나 고모들이 두고 간 물건을 뒤적이거나 멀쩡한 책상을 두고 기어코 의자를 빼낸 자리에 들어가 책을 읽던 어린 시절처럼, 겨울엔 여전히 나를 꼭 맞는 아늑한 자리에 넣어두고 싶어진다. 그런 곳을 겨울 아지트라 불러도 좋겠지. 들어가 가만히 앉아 있는 것만으로 마음이 놓이는 둥지 같은 곳.

　그런 곳을 찾아 책방이나 북 카페에도 찾아가고, 근사한 스피커로 음악을 들을 수 있는 곳에도 간다. 숲속에 파묻혀 있기 좋은 숙소에도 간다. 여행지에서 부지런히 돌아다니기를 좋아하는 사람도, 겨울에는 숙소 자체가 목적지가 되는 여행을 떠날 만하다. 좋아하는 숙소가 생겨서 1년에 한 번씩 아지트처럼 찾게 된다면 그게 바로 나 자신에게 시간을 선물하는 일일 것이다. 이미 와본 곳이니 새로이 적응할 에너지를 쓰지 않아도 되고, 아는 기쁨을 다시 한번 누릴 수 있어 좋겠지. 무엇보다 그곳에 있는 동안엔 다른 걱정이나 계획에서 놓여나 오롯이 '쉬는 시간'을 가질 수 있을 테고.

생각해보면 겨울 숙소에서는 몸도 마음도 늘 '지금'에 머물렀다. 지나가버린 과거나 오지 않은 미래에 가 있지 않고. 자작자작 소리를 내며 타오르는 벽난로 앞에, 전축에서 오래된 팝송이 흘러나오는 지붕 아래에 있었다. 이 시간 동안에는 여기에만 있자, 돌아가서 할 일은 돌아가서 생각하자, 마음먹고 잠깐의 행복을 누리는 일이 그곳에서는 어렵지 않았다.

겨울의 어원을 옛말 '겻다'로 보는데, '겻다'는 '머무르다', '집에 있다'라는 뜻을 품고 있다. 그건 곧 겨울을 보내기에 가장 아늑한 아지트는 역시 집이란 말이겠지. 겨울이 시작되기 전, 작은 방의 구조를 바꾸었더니 좌식 소파에 기대 창밖으로 눈 내린 숲을 내다볼 수 있는 자리를 갖게 되었다. 벙커 침대 밑이어서 예닐곱 살 때 책상 밑에 몸을 구겨 들어가 있던 기분이 절로 난다. 손에 쥔 책이 그림책에서 소설책이나 시집으로 바뀌었을 뿐. 겨울은 모름지기 시집의 계절이니까 좋아하는 시집들을 쌓아두고 읽는다. 들뜨거나 뜨겁거나 쓸쓸했던 계절 모두 지나, 마음이 시집을 읽기에 딱 알맞은 온도로 맞춰진 계절. 행과 연 사이를 산책하듯 오래 거닐기도 하고, 어떤 시는 눈을 뭉치듯 꾹꾹 마음에 눌러 담기도 한다.

　한겨울에 이불을 끌어안고 귤 까먹으면서 여름 영화를 보는 즐거움도 빼놓을 수 없다. 여름 영화는 언제든 볼 수 있지만, 겨울에 보는 것은 각별하다. 〈걸어도 걸어도〉〈콜 미 바이 유어 네임〉 같은 영화를 보고 있으면 내가 겪지도 않은 여름이 내 것처럼 그리워진다. 바깥은 겨울밤인데 코끝에는 여름밤 냄새가 스치는 것도 같다. 여름의 무성한 매미 소리와 팔뚝에 와닿는 습도 높은 공기, 느티나무 그늘 아래 반짝이는 햇볕 같은 것이 선명하게 떠오른다. 여름을 마음껏, 간절함의 끝에 닿을 때까지 그리워할 수 있는 것도 겨울의 한가운데 있을 때만 가능한 일. 겨울이 있어 여름을 그리워할 수 있다. 여름 안에서 눈 내리는 겨울날을 그리워하는 것처럼.

　시집도 영화도 좋지만, 겨울 아지트에서 가장 좋아하는 일은 읽었던 책을 다시 읽는 일이다. 다른 부자가 되는 것도 (물론) 좋겠으나 밑줄 부자가 되어 보내는 날들이 제일 풍요롭다. 오래된 밑줄 옆에 새로운 밑줄을 긋다가 문득 창밖을 보면 여전히 깊은 밤. 그러다 바깥에 눈이라도 내린다면 완벽한 겨울의 한 장면이 완성되겠지. 매서운 겨울이 '아늑하다'고 느껴지는 것은 묘한 일이다. 차가운 눈을 보며 '따뜻하다'고 느끼는 것도. 겨울만이 알게 하는 그 따뜻함과 아늑함에 기댄 채로 우리는 봄을 기다린다.

*

옛사람들도 이 무렵엔 비슷한 마음이었던 듯하다. "섣달 그믐이면 집 나갔던 빗자루도 집 찾아온다" "숟가락 하나라도 남의 집에서 설을 보내면 서러워 운다"라는 속담을 만들었던 걸 보면. 빌리거나 빌려줬던 물건 모두 제자리에 돌려놓고, 먼 데 나갔다가도 한 해의 마지막엔 집으로 돌아와 조용히 새해를 맞이하던 사람들. 겨울은 지난 시간의 번다한 것들을 마무리하고 다가오는 삶을 준비하는 계절이란 걸 누구보다 잘 알았던 것이다.

제주에서는 대한 닷새 뒤부터 입춘 사흘 전까지 약 일주일을 '신구간新舊間'이라 하여 인간이 사는 지상에 신들이 없는 기간이라 여겼다. 한 해의 임무를 마친 신들이 하늘로 올라가 옥황상제에게 그간의 일을 보고하고 새로운 임무를 부여받아지상에 내려오기 전, 새로움(新)과 오래된(舊) 것 사이(間)의 시간. 신들이 부재하는 동안 일어난 일은 모두 용납해준다고 믿었기에 이사나 집수리 등의 일을 이 기간에 했다. 망가진 문이나 창문을 수리하고 낡은 울타리와 돌담을 고치며 다가올 시간을 준비한 것이다. 반면 신구간이 아닌 때에 이런 일을 했다가는 자칫 '동티(공연히 일을 건드려 신의 노여움을 사는 짓)'가 나서 화를 입는다고 여겼다.

신이 부재하는 일주일 동안 사람들이 했던 일을 살펴보면 마음이 순해진다. 대한은 결국 한 해 동안 쓰느라 망가지거나 낡은 것들을 수리하고, 주변을 정돈하며 다가올 시간을 준비해야 하는 시기라는 뜻으로 읽힌다. 오래된 것과 새로운 것이 자리를 교체하는 시기이니 지난해와 이듬해를 이어주는 '사이'의 시간에 제대로 매듭을 지으라는 말로도 읽힌다. 마음도 쓰는 만큼 닳는다 했다. 한 해 동안 쓰느라 귀퉁이가 부서지거나 틈이 벌어진 마음의 이곳저곳을 울타리처럼 수리하면서 남은 겨울을 보내고 싶어진다.

추위에 약해 쉬이 웅크리게 되는 나는 겨울을 유난히 힘들어하는 편인데, 웅크린다는 것은 스스로를 안아주는 자세이기도 하다는 걸 요즘에야 천천히 깨닫는다. 여름이 발산의 계절이라면 겨울은 수렴의 계절. 밖으로 멀리 가지 못하는 대신 안으로 깊어지는 계절. 성장을 멈추고 쉬면서 뿌리에 양분을 모으는 식물처럼, 겨울잠을 자는 것으로 에너지를 보존하는 동물들처럼. 자기만의 공간에서 자기 안의 목소리를 들으며 삶을 생각하는 겨울은, 지난 세 계절 동안 썼던 에너지를 다시금 충전하는 시간이다.

자연스럽게 살고 싶다는 것은 나의 오랜 바람 중 하나였다. 그것이 정확히 무엇을 뜻하는지도 모르면서 내내 바랐다. 내가 나 이상이 되려고 애쓸 때, 행복해지고 싶어 열심히 살았을 뿐인데 그 열심이 도리어 나를 해칠 때, 하루하루 사는 일이 발끝을 세워 걷는 걸음 같을 때. 이렇게 살지 않아도 되는 다른 방법이 있을 것 같았고 '자연스럽게' 사는 일에 그 답이 있을 것 같았다.

나무와 새들의 겨우살이를, 계절이 하는 일을 지켜보면서 자연스럽게 산다는 게 무슨 뜻인지 조금은 알아가는 기분이다. 겨울이 겨울다워야 하는 건 겨울이 하는 일이 있기 때문에. 북쪽에서 불어온 세찬 바람은 숲을 몇 차례 흔들어 빈자리를 만든다. 마른 나뭇가지나 꺾인 데가 있던 줄기는 바람

에 떨어져버리고, 나무는 남길 것만 남긴 채 겨울을 난다. 최소한의 에너지를 튼튼한 가지를 지키는 데 쓰면서. 그렇게 생겨난 숲의 여백으로 봄이면 새로 태어난 가지들이 뻗어나갈 것이다. 땅속에서는 제대로 묻혀 혹한을 견뎌낸 도토리만이, 서릿발 틈에서 얼어 죽지 않은 씨앗만이 새봄을 맞이한다. 겨울은 모든 생명이 살아남을 수 있을 만큼의 강함을 배우는 계절이기도 하다. 겨울을 버텨내지 못한 많은 것들은 죽음에 이르지만 또한 숲의 양분이 되어 봄을 맞을 것이다.

자연스럽게 산다는 건 결국 계절의 흐름을 알고, 계절이 무엇을 어떻게 바꾸어놓는지도 알고, '제때' 해야 할 일을 찾아서 했던 옛사람들과 동식물처럼 사는 것. 아주 오래전부터 그러하기로 되어 있는 흐름에 내 걸음을 맞추는 것으로 충분하다 생각하면, 불필요한 가지가 바람에 떨어져 나가는 느낌이다. 꼭 필요치도 않은 것을 이것저것 매달고 여태 그것을 풍성함이라 여기며 살았던 건 아닐까. 내가 나로 살아가는 데 필요한 건 이거구나, 나머지는 결국 다 부수적인 것들이구나. 살아온 시간이 쌓인 만큼 내가 정말로 원하는 것이 선명해지면 좋을 텐데, 자주 잊고 새로 배우길 반복할 뿐이다.

그러니 다시 돌아오는 계절이 있어 우리 삶을 새로고침 해준다는 건 얼마나 다행한 일인지. 봄이 오는 한 우리는 매번 기회를 얻는다. 동시에 이번 봄은 다음 봄이 아니기에 유일한 기회이기도 하다.

한 번뿐인 계절을 귀하게 여기면서, 한 번뿐인 삶을 자연스럽게 살아가고 싶다. 겨울 숲의 저 나무들처럼, 신의 부재 속에서도 할 일을 찾았던 옛사람들처럼.

대한 무렵의 제철 숙제

☑ 다락방 같은 나만의 겨울 아지트 마련하기

☑ 마음과 일상의 닳은 곳을 수리하고 다듬는 시간 보내기

☑ 우리의 제철은 지금, 언제나 알맞은 시절을 보내고 있음을 잊지 않기

인용한 책들

춘분 성동혁, 《뉘앙스》, 수오서재, 2021.

소서 이시우, 《궁궐 걷는 법》, 유유, 2021.

한로 장석주, 〈대추 한 알〉, 《저게 저절로 붉어질 리는 없다》, 난다, 2021.

상강 윤고은, 《빈틈의 온기》, 흐름출판, 2021.

　　　카렐 차페크, 《정원가의 열두 달》, 배경린 옮김, 펜연필독약, 2019.

대설 김연수, 《지지 않는다는 말》, 마음의숲, 2018.

　　　윤금순, 〈눈〉, 《시집살이 詩집살이》, 북극곰, 2016.

제철 행복

가장 알맞은 시절에 건네는
스물네 번의 다정한 안부

초판 1쇄 2024년 4월 25일
초판 8쇄 2024년 7월 1일

지은이 | 김신지

발행인 | 문태진
본부장 | 서금선
책임편집 | 허문선   편집 3팀 | 이준환   일러스트 | 요리

기획편집팀 | 한성수 임은선 임선아 최지인 송은하 송현경 이은지 유진영 장서원 원지연
마케팅팀 | 김동준 이재성 박병국 문무현 김윤희 김은지 이지현 조용환 전지혜
디자인팀 | 김현철 손성규   저작권팀 | 정선주
경영지원팀 | 노강희 윤현성 정헌준 조샘 이지연 조희연 김기현
강연팀 | 장진항 조은빛 신유리 김수연 송해인

펴낸곳 | ㈜인플루엔셜
출판신고 | 2012년 5월 18일 제300-2012-1043호
주소 | (06619) 서울특별시 서초구 서초대로 398 BnK디지털타워 11층
전화 | 02)720-1034(기획편집) 02)720-1024(마케팅) 02)720-1042(강연섭외)
팩스 | 02)720-1043   전자우편 | books@influential.co.kr
홈페이지 | www.influential.co.kr